La hermana

SÁNDOR MÁRAI

La hermana

Traducción del húngaro de
Mária Szijj y J. M. González Trevejo

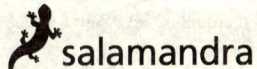

Título original: *A nővér*

Ilustración de la cubierta: *A Game of Patience* (Miss Margaret Austin-Jones), 1937 (óleo sobre lienzo), Frampton, Meredith (1894-1984) / Ferens Art Gallery, Hull Museums, UK / Bridgeman Images
Fotografía del autor: Klára Wachter
(Budapest, 1940 / © Ágota Benkhard y Familia Benkhard)

Copyright © Heirs of Sándor Márai, Csaba Gaal, Toronto
Copyright de la edición en castellano © Ediciones Salamandra, 2007

Publicaciones y Ediciones Salamandra, S.A.
Almogàvers, 56, 7º 2ª - 08018 Barcelona - Tel. 93 215 11 99
www.salamandra.info

Reservados todos los derechos. Queda rigurosamente prohibida, sin la autorización escrita de los titulares del "Copyright", bajo las sanciones establecidas en las leyes, la reproducción parcial o total de esta obra por cualquier medio o procedimiento, incluidos la reprografía y el tratamiento informático, así como la distribución de ejemplares mediante alquiler o préstamo públicos.

ISBN: 978-84-9838-683-7
Depósito legal: B-10.288-2015

1ª edición, mayo de 2015
Printed in Spain

Impresión: Liberdúplex, S.L. Sant Llorenç D'Hortons

La hermana

1

Trataré de relatar todo lo que experimenté aquella Nochebuena tan insólita. Era la tercera Navidad que nos tocaba vivir desde el inicio de la Segunda Guerra Mundial. El tiempo pasa, y los días y las noches que se sucedieron tras aquella Nochebuena nos depararon inmensa miseria y sufrimiento. Sin embargo, el recuerdo de aquel encuentro quedó vivamente grabado en mi mente y en mi corazón: las noticias que daban parte de la destrucción de ciudades enteras, las dudas y angustias que en aquellos tiempos acongojaban a tanta gente, la preocupación por el futuro de la humanidad, la infinidad de desgracias de dimensiones colosales, no fueron lo bastante crudas y contundentes como para apagarlo. Lo que supe no me aportó noticias sobre el destino de pueblos y continentes, sino sobre el de una sola persona. Sin embargo, en el destino de una sola persona la fatalidad puede condensarse con la misma intensidad que en el de pueblos enteros.

Fue, naturalmente, la casualidad lo que determinó aquel encuentro navideño, tal como sucede con toda circunstancia humana crucial. Nunca me habría imaginado que en pleno invierno, en un pequeño balneario casi desierto, en un hotelito de montaña transilvano que, además de carecer de las comodidades de la vida moderna, más bien parecía un refugio de cazadores, me tocaría tener como vecino de habitación a Z., el famoso Z., el gran músico aplaudido pocos años antes en las salas de concierto más importantes del mundo. Nuestro encuentro me causó una honda impresión, porque el hombre que apareció ante mí en aquel salón comedor de toscos muebles de abeto no era más que la sombra del célebre y paradigmático pianista cuyo nombre había sido poco antes uno de los más laureados en el ámbito musical. El fenómeno me habría impresionado como prueba tangible de lo perecedera que es la fama y la gloria humanas, si en el momento del encuentro las maneras y el comportamiento de Z. no me hubieran convencido de que afrontaba su duro destino no sólo con singular entereza, sino también con serenidad y optimismo. La desgracia no lo había herido, humillado ni quebrantado. En su serenidad no había rastro de rencor; no interpretaba el papel del Coriolano herido, desterrado por fuerzas bárbaras de su verdadera patria, el misterioso reino de la música. Esa extraña calma se reflejaba en su mirada como un apacible rayo de lucidez interior. Ya desde el primer momento de nuestro encuentro acertó, con el instinto propio de los músicos, en dar con un tono que me infundió la tranquilidad de estar hablando con una persona plenamente consciente de su destino y dispuesta a afrontarlo sin rebelión alguna, y nada me autorizaba a compadecerlo. Además, su sencilla dignidad y sobria humanidad me hizo adoptar una actitud de reserva involuntaria: intuía que debía respetar su soledad, su conducta modesta que al mismo tiempo rechazaba cualquier clase de compasión, y que no tenía derecho a alterar su equilibrio espiritual con ninguna condolencia formal.

Todo eso ya lo había advertido en el momento del encuentro, pero los días posteriores se grabaron en mi mente como una especie de examen de tacto y buenos modales. Porque aquel hotel de montaña ofrecía una excelente oportunidad para examinarse de la difícil asignatura de la delicadeza forzosa: nos encontrábamos por la mañana, a mediodía y por la tarde en la única estancia común, junto a la rústica chimenea francesa de aquel salón comedor impregnado de olor a abeto, donde —a la tenue luz de un quinqué— los pocos huéspedes no tenían otra alternativa que sentarse alrededor de una mesa redonda para matar el tiempo leyendo, jugando a las cartas, conversando o sintonizando la radio a pilas. Porque allí, en lo alto de la sierra, esa extraña sustancia que es el tiempo resultaba un adversario realmente peligroso: llevaba varios días granizando sin parar, y la nieve, a mediados de diciembre, se derretía y arrastraba hacia el valle enormes aludes grises y sucios. Era imposible dar siquiera un paseo. Desde la aldea que había junto al arroyo del valle —a varias horas en carro de la estación ferroviaria más próxima—, todos los mediodías subía por el camino resbaladizo y peligroso un caballito rechoncho y graciosamente desgreñado, tirando del carro que conducía un somnoliento campesino rumano que traía el correo, la carne y todo lo necesario para la despensa del hotel. La húmeda bruma cubría las cimas como las sofocantes nubes de humo los rascacielos de una gran ciudad tras un incendio o un bombardeo. En las habitaciones, la humedad lo dejaba todo pringoso: la ropa de cama, las toallas, hasta las prendas colgadas en los armarios absorbían la sucia neblina. Ya a primera hora de la mañana los huéspedes huían de sus cobijos estrechos e incómodos, donde sólo permanecían el tiempo imprescindible, casi a ciegas por la escasa luz de las velas, tiritando en las camas húmedas o aseándose en cubos de hojalata. Entre los montes y sobre los valles ululaba un viento cálido, el siroco. A veces, al mediodía, el termómetro llegaba a marcar ocho grados, un tiempo desquiciado para diciembre. Todo lo que habíamos imaginado nosotros, los náufragos del pequeño hotel, en el momento de emprender el viaje desde nuestros hogares urbanos —relucientes cimas heladas a una fría luz solar, radiación ultravioleta sobre campos nevados, espléndidos paseos por la nieve crujiente a mil quinientos metros de altitud entre olorosos árboles de Navidad espolvoreados con azúcar glasé, por bosques de abetos infinitos, y luego las tranquilas horas de la tarde en el salón del hotel, cuya acogedora soledad resultaba tan seductora en la fotografía expuesta en la agencia de viajes—, en realidad resultó una pérdida de tiempo exasperante e insalubre que nos consumía los nervios. El trabajo que había traído descansaba en el fondo de la maleta, porque ni en mi habitación, semejante a la celda de una cárcel, ni en el salón comedor había forma de extender cómodamente mis notas, y los libros que me servirían de alimento intelectual ya los había consumido en los primeros cuatro días de forzada reclusión. Como los ocupantes del arca de Noé, estábamos desde la mañana hasta la noche hacinados en aquel salón de aire cálido y viciado, cargado de un húmedo olor a comida y humanidad; el hastío nos hacía comer en exceso y acompañábamos los platos grasientos con un vino ácido y áspero. Naturalmente, entre los habitantes del arca había también seres cuadrúpedos: un viejo y demacrado perro pastor, una gata inútil con sus crías, un arrendajo en una jaula colgada junto a la estufa, y una ardilla que, en la suya, hacía girar desesperadamente una pequeña noria; era una multitud de animales para animar nuestra convivencia, y a veces, con la confianza natural de los seres forzados a vivir en mutua dependencia, por el resquicio de la puerta introducía su morro barbudo un viejo macho cabrío, el presumido decano del colectivo animal, parpadeando, haciendo temblar su barba puntiaguda. Se paraba tranquilamente ante la puerta, a la espera de ser invitado a sentarse entre nosotros, como si aún recordara la paradisíaca convivencia entre humanos y animales. Pero los hosteleros lo echaban sin contemplaciones debido a su desagradable olor.

En el arca vivíamos siete bípedos, esperando que cesara la lluvia y volviera a lucir el sol, siete huéspedes más el dueño y su esposa, una pareja de rumanos del Regat, corpulentos, de andares pesados, serviciales y de buena voluntad, que sólo chapurreaban el húngaro, y el personal: dos chicas jóvenes y un pastor del valle que en invierno hacía de criado en aquel refugio de montaña. Porque, en realidad, aquel «hotel terapéutico de alta montaña» no era más que un refugio; de todo lo que prometía el folleto, sólo la sierra y el paisaje cumplían la engañosa promesa. Y ahora, hasta esa escasa realidad estaba envuelta en la niebla y mojada por el granizo. En días de invierno despejados el paisaje sería sin duda un regalo para el visitante: el reconfortante aroma del aire se percibiría incluso a través de la niebla.

Al cuarto día de mi reclusión, toda mi buena voluntad y paciencia pareció resquebrajarse. Confinado con animales y humanos en un recinto que más bien parecía una cuadra, donde ni siquiera se podía disfrutar del modesto lujo de la soledad, el aire viciado de las habitaciones, la desoladora imagen del paisaje húmedo y embarrado que se veía por las ventanas: todo aquello demostraba irónicamente, con escarnio burlesco, cuán vanos resultan las empresas y los propósitos humanos cuando se encuentran con la realidad. La tranquila semana que pensaba pasar en la montaña, aquella prometedora «estancia navideña entre la nieve», tal como me la había imaginado desde mis nostalgias urbanas, ahora más que un premio me parecía un castigo, una pena de reclusión en firme.

¿Qué hace el preso que toma conciencia de su desesperada situación? Obviamente, urde planes para la huida. Tres días son mucho tiempo, y me permitieron conocer toda la oferta humana de mi entorno; ni siquiera matrimonios mayores viven en una relación física tan estrecha y forzada como nosotros, los huéspedes desconocidos de aquel hotelito. A través de los delgados tabiques de madera se oía hasta la respiración de los aburridos huéspedes, y al tercer día en el salón comedor, presas del aburrimiento y la impaciencia, ya dábamos muestra de los aspectos más desagradables de nuestros caracteres. Desde un punto de vista humano, nadie prometía demasiado. Un señor entrecano con pantalones y cazadora tiroleses, del que sólo sabíamos que era funcionario en una ciudad cercana, se pasaba el día pegando fotografías en un álbum encuadernado en piel: de sus gestos, de sus comentarios breves y hostiles, de sus miradas recelosas e iracundas irradiaba la desconfianza del obseso. Y en efecto lo era, uno de los innumerables neuróticos de ciudad que en el cautiverio de su oficina desarrolla ideas fijas sobre la naturaleza; es vegetariano y excursionista, los domingos recorre el campo cargado con una mochila y, con celo maníaco, fotografía cada cima de montaña o claro de bosque con que se topa. En otras palabras, un loco. Como plácido contrapunto al Don Quijote excursionista equipado con su Kodak, había un jovial dúo de cazadores, dos administradores de fincas o intendentes aficionados al aguardiente, el vino y el tabaco fuerte; habían venido a la sierra en busca de urogallos y equipados con morrales y armas que limpiaban y engrasaban sin desmayo y que siempre tenían a mano, incluso al tomarse unas copas, cosa que hacían con frecuencia. Este dúo de cazadores, una especie de «el Gordo y el Flaco» mitológicos —uno de ellos larguirucho y flaco, el otro rechoncho y gordo, prueba de la consabida tesis de que la naturaleza busca en todo y en todas partes, también en las relaciones humanas, igualar las diferencias—, afrontaban las pésimas condiciones meteorológicas con la indiferencia de los habituados a los caprichos de la naturaleza: no se quejaban, leían viejas gacetillas de espectáculos, ingerían con perseverancia aguardiente de enebro, a veces se asomaban a la ventana para constatar cómo el «maldito tiempo» les impedía cazar urogallos, y en medio de tremendas blasfemias de cazador masculladas entre dientes prometían una venganza implacable a las presas que se ocultaban entre la niebla y el granizo. Los dos, prácticamente envueltos en un aura de licor y tabaco, resultaban en conjunto más bien simpáticos: se comportaban con modestia y jovialidad y soportaban con viril estoicismo el peso de la adversidad. No así el matrimonio que ocupaba la única habitación con balcón que tenía el hotel.

Pocas veces se los podía ver juntos: parecían las figuras de una caseta-barómetro que salían alternativamente para anunciar el mal o el buen tiempo: aparecía el señor o la señora, el otro siempre permanecía en la habitación con balcón, la estancia reservada a los huéspedes más distinguidos. El quinto día de la cuarentena, debido a unas circunstancias tristes e inesperadas, tuve ocasión de echar un vistazo a dicha habitación: muebles de estilo urbano escogidos con gusto boyardo, cama de matrimonio y armario con espejo, todo con un aire a rimbombante lujo oriental. Normalmente la habitaba la pareja rumana del Regat y sólo la cedían en ocasiones especiales para huéspedes elegantes. La pareja que ahora la ocupaba había llegado un día después que yo, en un automóvil alquilado en la estación donde paraba el tren rápido que cruzaba el valle. Si tenían algo de particular aparte de su persona, era su equipaje: una cantidad sorprendente de maletas y bolsos de calidad selecta. Las sombrereras de la mujer y sus baúles recubiertos de pegatinas de hoteles extranjeros revelaban que había viajado mucho y estaba habituada a la vida mundana, y tampoco se necesitaba un olfato de detective para notar lo que delataba no sólo su equipaje, sino también su vestimenta y comportamiento: era una persona acostumbrada a la vida holgada. Pero más sorprendente resultaba —claro que sólo se nos ocurrió asombrarnos *a posteriori*— qué hacía una mujer tan frágil y de aspecto enfermizo en medio de la sierra, con aquel tiempo, en aquel precario e incómodo hotel y con un equipaje tan voluminoso y refinado. Llegaron como si pretendieran afincarse allí por largo tiempo. Ella tendría unos cincuenta años —más adelante sus papeles nos revelaron que, en efecto, tenía esa edad, que había cumplido los cincuenta en primavera—; él era calvo, algo entrado en carnes, de mirada triste y preocupada y aspecto algo mayor, aunque poco después supimos que en realidad tenía tres años menos que ella. Tan pronto llegaron, desaparecieron en la habitación reservada a los privilegiados, y tampoco bajaban al salón comedor: comían en la habitación. Muy pocas veces, al atardecer o por la noche, aparecía uno u otro para escuchar con ceñuda atención las noticias de la radio, sin decir nada, sin alternar con los demás. Nunca bajaban juntos, pero cumplían a rajatabla ese servicio alterno de escuchar las noticias radiofónicas.

Saltaba a la vista que algo les preocupaba y deprimía, tal vez el destino del mundo en general, tal vez algún secreto del suyo particular. Se sentaban junto a la radio como si, cohibidos, esperaran noticias o respuestas sobre alguna cuestión que sólo ellos conocían. Y cuando el locutor terminaba de leer su informe, el que cumplía el turno diurno se ponía en pie de inmediato, se despedía con un gesto mudo y por la crujiente escalera subía presuroso a su habitación del primer piso.

Ese comportamiento era suficientemente llamativo como para que los demás, los huéspedes y los de la casa, nos sintiésemos intrigados. Una noche, cuando la señora bajó a cumplir su guardia junto a la radio, se sentó a mi lado en el estrecho banco de madera cerca de la chimenea. Y mientras la radio enumeraba con la indiferencia propia de una máquina los terribles lugares comunes de la guerra —sólo a veces la voz del locutor traslucía alguna satisfacción inconscientemente malévola—, repasando con monotonía el trágico balance diario de ciudades destruidas, puentes dinamitados, hospitales, catedrales y escuelas destrozadas, barcos hundidos y aviones derribados, tuve ocasión de examinar a mi vecina con más detalle. Llevaba prendas de un rico tejido, un traje sastre de lana de angora en tono pastel, y sobre los estrechos hombros se había echado un chal muy fino, de seda de importación verde claro. Mientras escuchaba las noticias, sus dedos pálidos y huesudos desgranaban nerviosos los flecos del chal. Los zapatos parecían encargados al mejor zapatero, antes de la guerra, cuando los exigentes habitantes de la ciudad encargaban calzado elaborado con piel más fina y delicada que si fuera para guantes. En su única sortija, encajada en el meñique, brillaba un diamante del tamaño de un guisante. Su pelo rubio opaco no era teñido: en la dorada cabellera lacia, con raya en medio, le brillaban canas. En el rostro estrecho, pálido y de rasgos inquietos, cuya obstinada dulzura infantil no había sido borrada por la edad, relucían unos fríos ojos gris celeste. Parecían una especie de piedra preciosa oriental de tono azulado; a veces echaban fugaces chispas. Todos sus gestos denotaban el desasosiego que caracteriza a los perseguidos o neuróticos convencidos de que los acosan fuerzas hostiles: su cuerpo, sus modales, su ropa, todo apuntaba a una mujer mimada que vivía holgadamente. Escuchaba con aparente indiferencia las noticias crudas y nefastas del mundo. Sin embargo, en sus fríos ojos azules se encendió la vida y el interés cuando el locutor pasó a las noticias de menor envergadura: la crónica simple y cotidiana de accidentes, muertes y desapariciones más o menos locales. Entonces alzó la estrecha cabeza, sus fosas nasales se dilataron y por unos minutos atendió como una fiera que olfatea la presa o el peligro. Luego, tan pronto terminó la crónica de sucesos, se incorporó, hizo un breve gesto con la cabeza y desapareció en la penumbra de la escalera con pasos juveniles, enseñando sus esbeltos tobillos en el último peldaño.

Así era aquella mujer: ya no joven y visiblemente enferma; tal vez padecía del pulmón o bien había venido a la montaña en busca de alivio para sus quebrantados nervios; al menos así lo imaginaba yo. Naturalmente, ni ella ni su marido podían interesarme demasiado en medio de aquella mísera reclusión obligada por el mal tiempo, y la tercera noche empecé a tramar serios planes de huida. El marido de la desconocida —¿qué otra cosa podía haber pensado sobre el hombre calvo y panzudo que merodeaba alrededor de aquella criatura enclenque y enfermiza?— a veces pasaba horas enteras de la tarde o la noche sentado en el salón, fumando su puro, pero no entablaba conversación con nadie, declinaba el acercamiento cortés de los cazadores y tampoco mostraba interés en jugar a las cartas. No leía ni prensa ni libros, se limitaba a estar junto a la radio y contemplar, con ceño, cómo el humo de su puro ascendía hacia las toscas vigas de abeto del techo. Un hombre con problemas, un matrimonio burgués de mediana edad que busca en la montaña una recuperación barata para la mujer enferma, eso era todo lo que se me ocurría al observarlos. Nadie me interesaba de verdad en aquel hotel. El nevado hechizo navideño me había defraudado amargamente. Lo mejor que podía hacer era liar mis bártulos y a mediodía bajar a la estación más próxima en el carro tirado por aquel caballito desgreñado. Desde allí un tren correo me llevaría... me llevaría ¿adónde?

Era el día anterior a Nochebuena; tuve que admitir que, por muy irritante que resultara, había caído en una trampa. Si decidía volver a la capital, con el tren de medianoche llegaría a casa justamente en Nochevieja, y allí nadie me esperaría. A mi ama de llaves le había dado vacaciones, se había ido a su pueblo, y no podía presentarme en plena noche y cargado de equipaje en la casa de una familia amiga, pese a que allí había pasado algunas Navidades entrañables. Otras posibles molestias de menor índole también me animaron a desistir: a esas alturas de la guerra los taxis ya no circulaban a medianoche, mucho menos en Nochebuena, y la prensa decía que los tranvías sólo funcionaban hasta las ocho de la noche. Sería una insensatez caminar en el frío y la oscuridad nocturna para llegar a una casa vacía y sin calefacción. No me quedaba otro remedio que esperar la hora de la liberación, de manera que me resigné a pasar la Nochebuena allí, en ese entorno húmedo y mohoso que olía a comida y ropa mojada, entre gente desconocida que mataba el tedio del encierro con desgana y gastándose bromas anodinas, gente con la que ni siquiera tenía ganas de conversar. Sólo me quedaba confiar en que el tiempo mejorara. Los hosteleros, sintiendo unos remordimientos torpes, como si ellos fueran responsables de los inclementes caprichos de la naturaleza, animaban a los huéspedes diciéndoles que en la montaña el tiempo cambiaba de un momento para otro. Colocaron un enorme árbol de Navidad en medio del comedor, un esbelto abeto verde que brillaba cubierto de nieve en polvo y que, en efecto, mitigó en parte la depresión general. Por la noche, huéspedes y anfitriones nos pusimos a decorar el árbol con pasteles de miel, manzanas y nueces doradas; los cazadores bebían ingentes cantidades de aguardiente de enebro y se entretenían mutuamente y al resto de los huéspedes con anécdotas pícaras, y el hostelero rumano juraba que ciertos indicios meteorológicos «que nunca fallan» presagiaban sorpresa y Navidades blancas. Lo de la sorpresa, en efecto, no falló, pero sin duda no como la había imaginado aquel montañés experto en naturaleza y hostelería. En cualquier caso hubo sorpresa, una sorpresa elemental y contundente.

Tras haber decidido quedarme me esforcé en adaptarme al tono y el ambiente del pequeño grupo. Bebía con los cazadores, me interesaba por el álbum del viejo funcionario obseso de la fotografía, colgaba manzanas rojas en el árbol y escuchaba los proyectos del hostelero y su mujer, que, cómo no, soñaban con una fonda de hormigón que tuviera calefacción central, terraza para tomar el sol y un *dancing* —así llamaban a la pista de baile— donde en tiempos mejores y bajo luces rojas bailarían parejas urbanas amantes de la vida de montaña. Faltaban la pareja de la habitación con balcón y Z. Aquella noche supe que Z. ya llevaba tres meses viviendo allí. Los propietarios hablaban con gran respeto del «señor profesor», cuya profesión desconocían, aunque lo consideraban escritor o científico. Me confiaron que era una «persona muy refinada», «muy taciturna» y «nada aficionada a la música». Aquella afirmación sonaba algo sorprendente con respecto a Z., una celebridad en el ámbito musical, pero naturalmente me abstuve de comentarlo ante los dueños y los demás huéspedes, ya que seguramente tenía sus razones para ocultar su identidad, razones para que no supieran que era, ni más ni menos, uno de los músicos más famosos del orbe. O al menos lo había sido hasta tiempos recientes. Y mientras decoraba el árbol de Navidad y oía que el singular huésped llevaba ya tres meses allí y que no le preocupaban las vicisitudes del tiempo ni las condiciones precarias del hospedaje, me puse a pensar qué era lo que sabía en realidad de ese hombre tan extraordinario. Nuestro reencuentro en aquel hotel de montaña fue recatado: nos reconocimos, pese a que habían pasado ya ocho, no, diez años desde que habíamos dejado de coincidir con cierta frecuencia en el salón de una dama de vasta cultura, donde Z. —cuyo nombre empezaba a saltar a la fama aquel mismo año— a veces tocaba el piano. Recordé vagamente que se rumoreaba sobre cierta relación entre dicha señora de vasta cultura y el famoso compositor y pianista, pero aquel recuerdo —como los chismes en general— había sido tamizado por el paso del tiempo. Poco después había dejado de frecuentar las veladas de aquel grupo, cuyos valores sociales e intelectuales difícilmente se podían negar: me reclamó el trabajo, y los años tampoco me trataron con compasión, cada vez tenía menos tiempo y menos ganas de hacer vida social. Naturalmente, Z. —no tanto su persona como lo que representaba, aquello que subyugaba a sus adeptos cada vez más numerosos y entusiastas— no había dejado de interesarme. Pasaron años sin que nos encontráramos personalmente, pero no hubo mes en que noticias de prensa, artículos de revistas y el de boca en boca —más vivo y eficaz que toda opinión impresa— sobre la obra y personalidad de aquel creador no me advirtieran que Z. continuaba en su actividad y ya era conocido más allá de las fronteras del país. Luego —y eso sólo pude entenderlo entonces, la víspera de la tercera Navidad de la guerra—, de pronto el nombre de Z. se sumió en un extraño y tupido silencio. Fue como si, en medio del caos que sacudía al mundo, alguien hubiese puesto una sordina al entusiasmo que hasta entonces lo había acompañado allá donde apareciese. Pero esa desaparición, ese silencio repentino había sido tan reservado, tan pudoroso, que yo desconocía sus motivos. Z. no había caído en desgracia, sus rivales no lo habían arruinado con alguna acusación falsa o cierta. Simplemente había desaparecido de las salas de conciertos nacionales y extranjeras, y ya no se lo mencionaba en ninguna parte. Me esforcé en recordar si en los últimos años había oído algo sobre que estuviera componiendo una gran obra, y me pregunté si era posible que la causa de aquel silencio fuera un esfuerzo creativo de singular intensidad —tal vez dedicara aquellos años a reponer fuerzas y a trabajar alejado del mundanal ruido—, pero una sensación indefinida me decía que mis conjeturas iban por mal camino. La desaparición discreta y consciente de Z. debía de tener otra causa, y ahora, al encontrarnos tras tantos años en aquel lugar, mi sospecha me pareció una realidad. Su repentino silencio no había llegado acompañado de los lamentos de la opinión pública, nunca había leído noticias de que el maestro se hubiera «retirado», y tampoco informaciones maliciosas sobre un supuesto «cansancio» del gran músico, o sea, de que su talento se hubiera agotado y ya no se pudiese esperar de él nuevas obras y propuestas musicales. Todo lo que sabía —y que tuve que recomponer a partir de datos fragmentarios y cada vez más borrosos— era que Z. seguía dando clases en la academia superior de música, donde lo habían llamado en su momento de gloria; según recordaba, era uno de los profesores del curso de solistas. Pero hacía años que el mundo no oía ningún concierto de ese singular artista y ningún otro músico interpretaba nuevas composiciones suyas.

Lo único cierto era que callaba y, según decían los del hotel, no era «nada aficionado a la música». Pronto me enteré de que había algo de verdad en aquella creencia ingenua: Z., con su forma de ser sencilla y reservada, solía quejarse de la música popular que emitía la radio, las cancioncillas de moda en la capital, de las que no se cansaban la mayoría de los huéspedes. Protestaba de una manera discreta y consecuente: cada vez que un huésped sintonizaba música en la radio, Z. se levantaba de su asiento y abandonaba el salón sin llamar la atención. Por lo demás, pasaba poco tiempo allí; la mayoría de las veces —así también aquella tarde en que los demás estuvimos decorando el árbol de Navidad— permanecía en su habitación. No parecía molestarle la adusta decoración de ésta, más sobria e incómoda que una celda monacal, y prefería la soledad a la compañía de los «melómanos». Casi siempre nos encontrábamos a la hora de comer, cuando saludaba a todos con una sonrisa afable, se sentaba junto a la ventana en una mesa solitaria cubierta con un mantel rústico de rayas azules y se sumía en la lectura de un libro. Al terminar de comer, se despedía de los presentes con una sonrisa igualmente amigable e impersonal, y abandonaba el salón con pasos silenciosos. Subía a su habitación o se ponía el abrigo de cuero para salir al sendero mojado y no volver a aparecer durante largo rato. Aparentemente no le molestaba nada de aquel lugar: ni la gente, ni el mal tiempo ni la extrema sencillez de las instalaciones. Las personas, sobre todo las personas como Z. —aunque nos hubiéramos distanciado con el paso de los años, era algo que yo sabía sobre su carácter—, sólo se muestran tan pacientes y modestas cuando una fuerte conmoción ha embotado todas sus exigencias frente al mundo. En el momento de nuestro encuentro me saludó con espontánea cordialidad, con un largo apretón de manos, se interesó cortésmente por cuánto tiempo pensaba pasar allí y me consoló respecto al fenómeno meteorológico que nos martirizaba. Todo eso lo hizo con el tacto propio de un hombre de mundo y un artista, con esa indiferencia refinada con que en una situación inesperada uno saluda y rechaza al propio tiempo, como diciendo: «Nos hemos encontrado, te conozco, no preguntes nada. Ayudémonos el uno al otro, con educación y en silencio.» Y naturalmente, eso fue lo que sucedió en los días sucesivos: yo respetaba su soledad y sólo llegamos a intercambiar unas pocas palabras corteses durante las comidas. No entablamos conversación hasta que el quinto día de mi estancia en el hotel se produjo un giro que despertó en Z. la necesidad de hablar; y entonces no escatimó palabras. Es el recuerdo de aquella conversación lo que quisiera reflejar fielmente en estas páginas.

Aquella tarde yo también subí a mi habitación temprano, tras haber comprendido el repentino odio de Z. hacia cierta música, porque los cazadores —por efecto del aguardiente de enebro destilado en el valle— no se cansaban de escuchar aquella aguada bazofia de «música ligera» e, improvisando una especie de coro, no paraban de tararear una cancioncilla de moda. Según me informaron los propios cazadores, formaba parte de uno de los musicales más taquilleros de la temporada. Tras despedirme de mis compañeros navideños, me retiraba hacia mi cuarto por el oscuro pasillo cuando oí una vez más la voz estridente del mayor de los cazadores, que entonó:

Para amar no hay que ser guapo,
para amar no hay que ser listo,
para amar basta un flechazo,
un flechazo y ya estás listo...

Me paré en medio de la penumbra y me eché a reír. Una definición muy exacta. En todo el edificio de madera resonaba aquella sabiduría vulgar y popular. Pasé por delante de la puerta de la habitación con balcón y de la celda de Z., pero no oí ruido alguno. Entré en mi cuarto, me senté en el borde de la húmeda cama y reflexioné sobre la curiosa indiferencia con que el destino regula nuestras vidas: en la habitación contigua, separada por un tabique de madera, trasnochaba o dormía una persona cuyas manos mágicas habían hechizado a medio mundo y que luego había desaparecido de una forma tan enigmática como si un artefacto diabólico lo hubiera transportado a otro mundo.

Tuve una noche agitada: pensé en Z., en el destino humano, en las fiestas navideñas y en las implacables leyes de la guerra que nos regían. Así me dormí, y entre el sueño y la vigilia seguí oyendo de lejos los argumentos roncos e irrefutables de los cazadores disolutos:

Para amar no hay que ser guapo...

Por la mañana llovía. ¡Dios mío, cómo llovía! A la hora del desayuno el hostelero rumano, con el gesto amargado de un malabarista de feria empapado, señaló el desolador espectáculo que ofrecía aquel diluvio al otro lado de la ventana. No, nunca había visto una Navidad así en la montaña, se lamentó con sinceridad; sin duda el mal tiempo guardaba relación con la guerra. Todo estaba desquiciado: la Navidad había dejado de ser la fiesta nevada y resplandeciente pactada entre la humanidad y la naturaleza, y el verano era puro antojo y capricho, como una mujer encinta.

—¡La guerra! —gimió desconsolado, como si la montaña, las nubes y los vientos se hubieran aliado secretamente con los beligerantes.

Y añadió algo sobre los bombardeos y la radio. En efecto, por entonces se hablaba cada vez más de que las grandes explosiones y las ondas electromagnéticas artificiales alteraban el orden de la naturaleza. Me acerqué a la ventana y miré el paisaje anegado en un mar de agua y fango. Pensé en la arrogancia vanidosa y desmedida del hombre, que se atreve a pensar que con sus espurias maquinaciones, además de provocar un cruel derramamiento de sangre, es capaz de alterar hasta las leyes eternas que rigen el mundo. No; es más probable que el ser humano sea simplemente víctima de las fuerzas del universo, y que las radiaciones cósmicas que en la naturaleza cambian las estaciones, también generen pasiones en la naturaleza humana. Creía en ello de alguna forma, aunque no supiera explicarlo: con ingenua confianza, trataba de atribuir la responsabilidad de los acontecimientos nefastos a las fuerzas del universo, como si me encontrase ante algún tribunal supremo y tuviera que justificar, con balbuceo y pretextos, las tremendas acusaciones que se vertían contra el género humano por destruirse a sí mismo. El hombre es mero juguete de fuerzas y voluntades cuya verdadera naturaleza desconocemos, títere de pasiones que vibran más allá del entendimiento humano, pensaba amargamente. Sin duda el espectáculo de aquellas interminables lluvias navideñas me había deprimido. Llovía con tanta intensidad como si el mundo pecaminoso estuviera a punto de sufrir un nuevo diluvio: el arroyo que solía discurrir plácidamente delante del hotel, ahora galopaba hacia el valle convertido en una riada de espuma gris que arrastraba amasijos de nieve sucia en su sinuoso y empinado cauce. Los árboles parecían humear entre la niebla y la lluvia, y al hostelero rumano le preocupaba seriamente que ese día el caballito malhumorado no lograra subir hasta el hotel las provisiones para la cena navideña. Varios huéspedes se habían reunido ya a hora temprana en torno a las mesas del salón, pero aquella mañana el ambiente era tenso.

—Esto ya es el colmo —dijo, agorero, el cazador larguirucho, y con un gesto desganado apoyó en un rincón su arma, tras haberla pulido y engrasado con desesperante meticulosidad.

Aquel día la radio a pilas tampoco funcionaba. Seguramente debido a las condiciones atmosféricas se veía impedida de informar sobre nuevas ciudades devastadas o sobre la naturaleza del amor, que, como es sabido, no necesita nada, sólo precisamente amor. Yo estaba con los brazos cruzados junto a la ventana, y en la atmósfera cargada del salón en penumbra percibí el sombrío silencio de mis compañeros, la furia que emana de las personas golpeadas por el destino, aunque los enmudeciera la impotencia. El destino, aquel vulgar destino navideño, ahora resultaba casi ridículo, pero no por ello dejaba de ser húmedo, embarrado y aburrido. En ocasiones el destino se presenta de manera ridícula; eso lo intuíamos todos, casi rebozados en el mal humor de aquella circunstancia fangosa y caprichosa. Era una de aquellas situaciones en que la tripulación de un barco se amotina, y ni siquiera nos sorprendió nada de lo que sucedió después.

¿Que qué sucedió? Z. abrió la puerta y entró en el salón. Venía del pasillo que conducía a las habitaciones; accionó el picaporte con decisión y rapidez, entró casi con sigilo y se detuvo a un paso del umbral. Permaneció inmóvil unos instantes, como si buscara a alguien entre el humo y la penumbra. Escrutó con los ojos entornados, localizó al hostelero, se le acercó y le puso la mano en el brazo.

—Venga conmigo —le dijo en voz baja. Y como el otro, sorprendido, no se movió, añadió en tono quedo pero enérgico—: Uno de ellos aún está con vida.

Curiosamente, no hubo necesidad de explicaciones: todos los que nos encontrábamos remoloneando en el salón comprendimos de qué se trataba. Como si hubiéramos pasado varios días comentando lo que Z. acababa de anunciar, nos encaminamos en silencio hacia la oscura escalera, tras Z. y el hostelero. Ese consenso tácito me produjo un leve escalofrío. Tuve que volver a admitir que la materia prima de mi oficio, la palabra, no es un elemento tan imprescindible de la comunicación humana como a veces suponen los escritores cegados por el orgullo; en momentos críticos, la gente capta la esencia con muy pocas palabras o incluso sin ninguna. Subimos por la chirriante escalera en fila india: en cabeza iba Z., tranquilo y seguro de sí mismo, con cierto aire de superioridad, como si él, el artista, fuera la única persona capacitada para implantar un orden provisional en el caos del rebaño humano; lo seguía el hostelero, que, enmudecido por el susto, se limitaba a gemir y carraspear; luego los dos cazadores, yo y, cerrando la procesión, el señor que amaba las fotografías más que cualquier otra cosa. Nadie abrió la boca. Todos comprendíamos perfectamente el significado del anuncio de Z.: sabíamos, sin necesidad de formular preguntas ni recibir respuestas, que los ocupantes de la mejor habitación del hotel habían sufrido una fatalidad y que uno de ellos aún estaba con vida; por eso sus palabras no habían sorprendido a nadie. Como si fuese algo anunciado con anterioridad, como si fuera lo más natural e inevitable del mundo y en realidad nos hubiéramos reunido en aquel hotel de montaña, rebozándonos en granizo, para que se produjera la tragedia y nosotros fuéramos sus testigos. Subimos la escalera con la conciencia de esa muda complicidad. Más adelante, al evocar la escena, entre la larga serie de imágenes tristes y desagradables, el recuerdo de ese silencioso desfile me pareció una visión enigmática e inexplicable, pero al mismo tiempo muy natural. Los acontecimientos realmente importantes que surgen inevitablemente del entramado humano nunca despiertan tanto estupor y desconcierto como la tensión emocional causada por los presagios y la expectación. La realidad está aquí, enseguida la veremos: fue eso lo que pensamos y callamos. Nadie se excitaba, nadie trataba de imaginarse las circunstancias de la tragedia. Y no creo equivocarme al suponer que en aquellos momentos mis compañeros sentían el mismo alivio que yo: horror y alivio, como si por fin cobrara sentido todo lo ocurrido hasta entonces. Como si nos hubiéramos aliado para que ese instante se hiciera realidad, algo que ya había sentido antes y que sentiría también más tarde: la complicidad de la culpabilidad entre las personas en el momento de un grave peligro.

Z. se detuvo ante la puerta de la habitación con balcón. Se inclinó hacia el picaporte y escuchó. Nosotros no oímos nada, pero comprendimos que Z. oía los ruidos de forma distinta, sí, tenía otro «oído», un oído diferente del de los cazadores melómanos. Allí donde nosotros, sin un talento especial para la música, no percibíamos ningún sonido, su fina audición oía el *pianissimo* de la agonía incluso a través de la puerta. Se encontraba delante de ésta con la tranquilidad y el interés objetivo que caracteriza al experto, ligeramente encorvado, más o menos como suele inclinarse hacia el foso de la orquesta el director que atiende las notas apagadas de un instrumento lejano. En aquella ocasión el instrumento era un ser humano que agonizaba. Permaneció en aquella postura encorvada varios minutos. Al cabo se enderezó. Los ojos le brillaban; aquellos ojos extraños, de luz opaca, cuyo iris parecía cubierto por una fina catarata, como si siempre mirara a otra parte, a un mundo donde la existencia no se manifiesta en objetos y formas sino en sonidos y frases musicales.

—Oí algo hace una hora —dijo—. Pensé que estaban dormidos. Pero no. Uno de ellos aún está con vida —añadió.

Y como un médico que ha hecho un diagnóstico y, por tanto, cumplido con su deber, se apartó para que el hostelero se acercara al picaporte. Esperó con los brazos cruzados, inmóvil, a que nosotros, azorados, indecisos y asustados, hiciéramos todo lo que cabía hacer en tales circunstancias.

Siguió lo que podía esperarse de una situación que recordaba las páginas de sucesos. El hostelero llamó a la puerta repetidas veces —primero con delicadeza, luego con el puño—, y al no obtener respuesta, se lanzó contra la hoja de madera con la furia de una bestia embravecida. La embistió con la rabia natural generada por un sentimiento de «lo que nos faltaba»; y a continuación sucedió lo que suele suceder en dichas circunstancias. Uno de los cazadores bajó rápidamente a la cocina y subió un hacha; acto seguido apareció la dueña, las dos criadas y un mozo que solía ayudar en el patio y en la limpieza. Y entonces por fin —como si hubiera esperado a que todos estuviéramos al completo—, la puerta cedió a los hachazos y se partió con gran estruendo. Entramos uno por uno en la habitación sumida en la penumbra, todos con aire ceremonioso y de puntillas; el hostelero se acercó a la ventana y subió la persiana. Nos colocamos en semicírculo, a una distancia respetuosa de la cama deshecha, en torno a la estufa. Éramos muchos en aquella angosta estancia y tuvimos que estirarnos para ver mejor, con la atención vanidosa de los testigos presenciales y, al mismo tiempo, con una curiosidad morbosa. La imagen que se nos presentó no decepcionó nuestras expectativas.

En la cama yacía el matrimonio —seguíamos tildando de tal a la pareja— en estado inconsciente o, tal vez, ya sin vida. Poco después nos enteramos de que Z. estaba en lo cierto: en el momento del derribo de la puerta el hombre ya estaba muerto pero la mujer aún respiraba. Lo que más me sorprendió fue el escrupuloso orden que reinaba en la habitación: la pareja yacía vestida con sendas batas, tan rígida y ceremoniosamente como si esperaran al sacerdote que les administraría la extremaunción; la ropa de diario la habían dejado dispuesta con pulcritud en las sillas a ambos lados de la cama, los zapatos —lustrados y en hormas— delante de la estufa. Y ese mismo orden escrupuloso se veía también en el tocador, donde se alineaban los tarros y frascos de la señora, y en el armario, por cuya puerta entreabierta se atisbaban trajes de hombre y de mujer colgados alternadamente. Era un orden casi obsesivo, centímetro a centímetro. Junto al lavabo había una pila de maletas elegantes; con las llaves atadas a las asas con finos cordones, como si hubieran querido facilitar la labor de revisión e investigación a los que tuvieran que ocuparse de ello. En la mesita de noche del lado de la mujer, junto a una palmatoria, había una imagen de la Virgen en un noble marco dorado, y una carta; en la mesilla del hombre aún parpadeaba una vela: habrían olvidado apagarla o ya carecerían de fuerzas para hacerlo. Aquel orden alrededor de la muerte causaba desazón, tenía algo de sospechoso, siniestro y obsesivo. Cuando uno se prepara para el desorden final, para la gran nada, para la desaparición completa, para la muerte, pero antes lo deja todo ordenado, hasta los objetos y accesorios más insignificantes, provoca una gran inquietud, y fue eso lo que sentimos todos, alarmados. Porque aquel orden maníaco daba más miedo que ver al hombre muerto y a la mujer moribunda: era un reflejo de la inutilidad de toda empresa humana, del orden que el ser humano se esfuerza en lograr con tanto empeño incluso en los últimos instantes. Ese esfuerzo estéril expresaba un triste deseo: el de poner orden en el gran desorden de la vida. Y ese deseo, al mirar el rostro de la pareja que yacía en la cama, en verdad resultaba conmovedor. A su manera habían puesto orden, ésa fue la impresión que me dieron. Pero no un orden perfecto, porque uno de ellos aún seguía con vida.

Todo lo que siguió tras los primeros instantes de turbación y conmoción resultó excesivamente ruidoso, febril y burdo como para que valiera la pena conservarlo en la memoria. Claro que no resulta fácil olvidar la indignación del hostelero: como todo ser humano simple, consideraba cualquier acontecimiento inoportuno o imprevisto como un atentado perpetrado contra su persona, y apenas recuperó su capacidad de habla y movimiento prorrumpió en una serie de violentas y absurdas acusaciones. Iba nerviosamente de un extremo a otro de la habitación, incluso miró debajo de la cama como si esperara encontrar al autor del crimen, alzaba los brazos y maldecía. Alternando lamentos con recriminaciones, echaba pestes contra el tiempo, la guerra y aquellos suicidas, que entre los infinitos rincones del mundo habían elegido precisamente su hotel para materializar su plan de abandonar este valle de lágrimas. Poco después, su furia se tornó en desconcierto plañidero: repetía con voz lastimera que él no tenía culpa de nada, ya que había hecho todo lo que estaba en su mano, incluso les había dado la mejor habitación, y repetía lloriqueando otras sandeces por el estilo. Escuchamos sus quejas y lamentos sin decir ni hacer nada. Curiosamente, nadie acudió a socorrer a la moribunda. Como paralizados por un hechizo de impotencia, nos quedamos oyendo la salmodia del hostelero y mirando la dramática escena: Z., con los brazos cruzados y una expresión de sumo interés en su rostro delgado, de pie al lado de la mujer, y a la pareja inmóvil que parecía dormir plácidamente en la cama.

La mujer aún respiraba, pero Z. era el único presente que percibía en aquel rostro demacrado, pálido como la cera, alguna señal de vida. Los demás, testigos y espectadores, no oíamos ningún hálito ni veíamos ningún indicio de vida. Z. a veces se inclinaba para examinar con calma aquel rostro de ojos cerrados, levantarle un párpado con la yema de un dedo y observar los reflejos del ojo de mirada fija. Luego sacudía la cabeza, como si estuviera solo en la habitación, solo con los muertos, sobre cuyos asuntos únicamente él sabía algo fiable. Cruzó la estancia dos veces, se detuvo ante la mesa y empezó a revisar y ordenar las ampollas de veneno y los demás objetos amontonados en ella. Contó unas cuarenta ampollas pequeñas y de cuello roto, y asintió satisfecho, como si fuera eso precisamente lo que esperaba. Junto a las ampollas vacías había una jeringuilla y dos cartas —una destinada al hostelero y otra a la gendarmería— con la letra del hombre. Eso era todo. Z. cogió las cartas, entregó una al hostelero y se acercó a paso lento, casi parsimonioso, a la cama de la mujer. Paseó la mirada por la habitación; me localizó y me llamó con un gesto.

—Las mujeres aguantan más —me dijo en voz baja y tono confidencial.

Le susurré si no le parecía que aún estábamos a tiempo de ayudarla. Tal vez en el hotel hubiera un botiquín, o podríamos prepararle un café bien cargado o aplicarle la respiración boca a boca. Me escuchó con paciencia, como quien atiende la insistencia pesada de un niño, y luego dijo tranquilamente:

—Es inútil.

Azorado, le recordé que la mujer aún vivía y que teníamos la obligación de asistirla incluso con nuestros medios precarios e insuficientes.

—Vive —dijo con paciencia—, pero ya está dormida. De este sueño ya no hay retorno. Tal vez en una clínica, donde los médicos disponen de fármacos y tratamientos para reanimar el corazón. Allí tal vez podrían ayudarla. —Volvió a inclinarse sobre el rostro de la mujer—. No —dijo a continuación, en voz queda pero firme—. No podemos hacer nada. Y en una clínica tampoco podrían despertarla ya. Este sueño ya es la muerte. Mire qué tranquilos duermen —añadió, ahora en voz más alta, señalando el rostro de los suicidas—. Se muere poco a poco —susurró confidencialmente, como si sólo me considerara a mí merecedor de saber aquel secreto—. La muerte no llega con un gran suspiro y un punto final. Al contrario, es un fenómeno complejo que se articula en estados sucesivos... primero se pierde un reflejo, luego otro. Éste ya ha muerto. —Señaló al hombre—. Y ahora la mujer también está a punto de dar el paso final, aunque aún puede durar minutos u horas.

Callamos. Con dedos cautelosos, Z. volvió a examinar los párpados de la mujer.

—Ha muerto —confirmó con calma, y se enderezó. Y como si ya no tuviera nada más que hacer, se dio la vuelta y, sin mirar ni a los vivos ni a los muertos, salió de la habitación.

Los gendarmes llegaron hacia las cuatro de la tarde; para entonces el bullicio colectivo ya había remitido. Todos estaban al tanto de todo, el hostelero había leído el mensaje contenido en aquel sobre y los gendarmes, que habían venido en automóvil desde el valle, dispusieron que los cadáveres envueltos en sábanas fueran colocados en los asientos traseros del coche. El oficial que dirigía la triste operación improvisó un breve interrogatorio: le hizo preguntas al hostelero y a los de la casa, intercambió unas palabras con Z. y con todos aquellos que habían acudido al cuarto de los suicidas. Levantaron acta, apuntaron nuestros nombres y direcciones. Luego guardaron las ampollas y la jeringuilla, colocaron las maletas en el automóvil y precintaron la puerta de la habitación. El joven oficial se sentó al volante y con sus mudos pasajeros emprendió el camino hacia el valle y la ciudad más cercana. «Los hechos», según dijo, estaban «claros»: la realidad y la carta, los documentos encontrados entre los efectos personales del hombre y la mujer, o sea, «todas las circunstancias» corroboraban sin dejar lugar a dudas las circunstancias del suicidio, y el gendarme se limitó a repetir con profesionalidad los lugares comunes de su oficio. Ya había oscurecido cuando el automóvil desapareció de las miradas por el tortuoso camino del bosque de abetos. Los dos gendarmes nos saludaron formalmente, se ajustaron las gorras y la correa de las escopetas y, siguiendo las huellas del automóvil, emprendieron a pie el camino hacia el valle.

Nos quedamos solos y llegó la Nochebuena. Y fue como si ese imprevisto interludio dolorosamente trágico hubiera dado un giro a la situación: a primeras horas de la tarde cesó la lluvia y empezó a nevar suave y regularmente. El frío viento del norte barrió las nubes que cubrían las cumbres y a través de la nevada pudimos ver la luna llena y las estrellas. Hacia las seis de la tarde salí a dar un paseo por el bosque. La paz que se extendía tan inesperada y reconciliadora por el lóbrego mundo, el fresco sabor de la nevada, los altos y oscuros abetos que vistieron su blanco atuendo navideño en cuestión de minutos, la muda majestuosidad de las cumbres nevadas que se adivinaba entre los copos de nieve, la luz plateada que derramaba la luna sobre el paisaje poco antes empapado y torturado, todo ello, tras los recientes acontecimientos, parecía un precioso obsequio celestial. La nieve fresca rechinaba bajo mis botas y al cabo de unas horas, gracias a la magnánima magia del cielo, el paisaje se convirtió en el decorado de una fabulosa ceremonia de luces y reflejos. Tras cinco días de humedad y niebla, tras aquel aire cargado de olor a tabaco y comida, ahora respiraba a pleno pulmón el aroma etéreo, el noble aliento de los abetos aliviados, de los claros de bosque liberados del ahogo de la niebla, y el aire de montaña hacía palpitar el corazón y renacer el alma. El cambio parecía obra de un mago —y yo intuía quién era ese Mago— que con un solo gesto piadoso había puesto fin a toda la miseria terrenal. La nieve caía en grandes copos, como un manto suave e uniforme, y el paisaje era como una persona aterida que se arrebujaba feliz bajo un reconfortante edredón blanco. Llegué a un claro y me detuve; apoyado en mi bastón, contemplé el valle, donde en algunas casas ya brillaban las tenues luces de la Nochebuena. Entonces me pareció estar viviendo uno de los grandes momentos de la vida, cuando el alma se ve imbuida por una maravillosa sensación de gracia, sin patetismo rimbombante y sin sentimentalismo chillón. El valle, el oscuro bosque, el blanco claro, todo relucía a la luz de la luna. Era Nochebuena y, aunque la gente también aquella noche seguía matándose y la paz no se vislumbraba por ninguna parte, aquel paisaje, aquel claro y aquella cima no sabían nada sobre la desgracia del género humano.

Me quedé largo rato allí. Naturalmente, no pude evitar pensar en los cadáveres que hacía poco habían bajado por el sinuoso camino, en el coche de la gendarmería, en dirección al valle; y también en los vínculos de causa y efecto que existen entre los acontecimientos y los impulsos y pasiones de los humanos. En ese momento tan particular sentí que no había esperanza para los hombres. ¿Por qué esperar, pensé, por qué creer que grandes pueblos puedan entenderse, convivir en paz en las distintas regiones de la tierra, cuando todas las personas son víctimas desesperadas y casuales de pasiones ciegas e impulsos irracionales? Pensé en los suicidas que de una forma tan trágica habían hecho de aquella Navidad una fiesta grotesca pero trascendental e imborrable. Cuán vulgar y ordinaria resultaba, y al mismo tiempo cuán conmovedora e insondable. Porque en ese momento ya sabía la verdad, como todos los de la casa, aquella verdad enrevesada, tristemente ridícula y ridículamente sobrecogedora, que revelaban las cartas y documentos: los suicidas no eran cónyuges. Aquella extraña mañana de Nochebuena habíamos sido testigos de un suicidio pasional: la mujer de cincuenta años había huido de su marido —un ingeniero de la capital—, de su familia, de sus dos hijos y de su confortable hogar porque la había trastornado la pasión. ¿Con quién se había fugado? No con un pícaro seductor, con un tenorio, no, sino con uno de los capataces de su marido, con aquel hombre calvo y barrigón, simple e inculto que —también padre de familia— poco tenía que ver con el prototipo del conquistador. La pasión que había vencido a esas dos personas era elemental, su manifestación y la elección de los protagonistas estaban muy lejos de lo que normalmente se asocia con las tragedias amorosas. El destino había ofrecido una solución tan gratuita y patética que, en ese momento de relajación, ya recuperado del impacto de lo visto y oído, el estupor volvió a sacudirme. ¿Qué sabe uno sobre la vida? Nada que sea real. Vivimos entre fantasías idealizadas que parecen sacadas de tarjetas postales. El «amor» es una especie de sentimentalismo de claro de luna con los enamorados haciendo manitas, y también es un espectáculo carnal que ofrecemos en un sofocante ambiente de tenues luces rojizas, enseñando los dientes de manera fingida o sincera: eso es lo que nos dice la literatura, así se refleja en los teatros y los cines. Está Beatriz, el amor idealizado de Dante, y, por otro lado, también aquello que demuestra Boccaccio: que a Dante, en realidad, le gustaban las mujeres de pechos opulentos. ¿Qué sabemos sobre esa fuerza que mueve a los humanos y que también tiene cierto significado para el universo? La llamamos amor y es la fuerza que empareja a los vivos y fecunda la materia del mundo. ¿Qué sabemos sobre su verdadera naturaleza? Vemos en la pantalla o el escenario a un caballero sabio y de avanzada edad sufrir con hidalguía a causa de la atracción que siente por una joven; o a una meretriz con expresión ávida y paso decidido, sus vestidos ondeando; o al galán que destroza corazones con una sonrisa fría; o a la mujer frígida, infeliz en su matrimonio e incomprendida, que despierta la llama del amor en un caballero interesante; o a la tontita que se arroja a los pies de un famoso actor de cine... Pero todos los demás, presas del delirio de la pasión, beben lejía o toman dosis masivas de somníferos, dependiendo de su extracción social o educación. Sin embargo, más allá de las noticias de sucesos, las novelas, las obras de teatro y las películas, ¿qué sabemos sobre la verdadera naturaleza y las intenciones de esa fuerza?... El sabio afirma que el amor es una de las manifestaciones de la locura, un ataque de nervios agudo que se supera con el tiempo; la literatura de cada época da un sentido distinto a esta pasión, la ennoblece, la califica como la manifestación emocional más sublime o la más depravada del ser humano. Pero ¿cuál es la realidad?

En la montaña reinaba el silencio. El paisaje irradiaba la paz del claro de luna, de la nieve y los oscuros abetos. No sentía frío; tras los largos días de inactividad, las sensaciones puras circulaban reconfortantes por mi corriente sanguínea, como un sorbo de champán. ¿La realidad?, pensé. Pues así es la realidad. Aquel día la había visto en el hotel. Era banal y asombrosa, al mismo tiempo un folletín, una crónica policial y el giro de un relato, como cuando a la reina le sale barba o la bota da un paso de siete leguas. Escritor, a ver si aprendes a ser humilde, profundamente humilde, me dije. No sabes nada sobre los hombres, y tampoco sobre las fuerzas que los mueven y animan a vivir o morir. No sabes nada sobre el amor; en tu trabajo manejas simples ideas preconcebidas. La realidad es mucho más sorprendente, la fuerza de su imaginación es mucho más rica y mágica que cualquier situación humana que el hombre pueda concebir dentro de los límites de su propia imaginación. Había visto a aquella pareja viva y muerta, había visto la manera en que se escondían, astutos y huidizos aquellos días, el modo discreto en que bajaban al salón comedor para escuchar las noticias de la radio. Los había visto tendidos sobre su lecho de muerte, y también transformados en una noticia más de aquel día. En la radio habían querido oír algo sobre su destino, sobre el hogar que habían abandonado, sobre sus desesperados seres queridos; hubieran querido oír la opinión del mundo, condenándolos o absolviéndolos. Pero la radio sólo daba parte de ciudades destruidas, de millares de muertos, de datos estadísticos, y ellos tiritaban en medio de su propio destino en aquella montaña, agonizaban en el gran combate de su propia y pequeña guerra mundial sin recibir respuesta a lo incomprensible, a lo que les pasaba. «Para amar no hay que ser guapo, para amar no hay que ser listo...» Me acordé de aquella tonada tan grotesca, pero ahora no me provocó risa. Súbitamente sentí angustia e impotencia. Estaban tumbados en la cama, serenos y compuestos, como un viejo matrimonio: personas reconciliadas que tras las tormentas de la vida llegan juntas y silenciosas al puerto final. Pero ¿qué tormenta había precedido a ese descanso plácido, qué pasiones habían agitado esos corazones ingenuos y asustados? La mujer era visiblemente una neurótica: la mirada fija de sus ojos azules, los gestos involuntarios de su conducta, todo ello demostraba claramente que aquella criatura marchita ya no controlaba sus nervios. El hombre contemplaba su destino casi con apatía, mordisqueaba el puro, escuchaba las noticias, parpadeaba con disimulo; cuánto le hubiera gustado beber aguardiente de enebro con los cazadores, qué poco cuadraba con su cuerpo, con su carácter, con su situación social ese necio papel que se veía obligado a interpretar por obra de la pasión. ¡Qué ridículo resulta en ocasiones el destino y al mismo tiempo qué triste y conmovedor!

Nos enteramos de todo por los periódicos del día siguiente, que en medio de las sombrías noticias de la guerra informaron sobre los pormenores de aquel «escándalo» con desacostumbrado detalle. El marido de la mujer era un hombre mayor y adinerado, un reconocido ingeniero, mientras que el hombre, miembro de una familia acomodada de capataces de Kispest, dejaba una hija mayor de edad. Todo ello resultaba tan fuera de lugar, tan absurdo... Lo «indecente» en aquel grotesco episodio era la edad de los protagonistas y su diversa extracción social. En aquella patética aventura ninguna pieza encajaba.

Pero ¿qué les había sucedido? ¿Qué había obligado a esas dos personas a destrozar su vida de una forma tan irracional y contra todo pronóstico? ¿Tan indefenso es el ser humano? La educación, la moral, las leyes sociales ¿no tienen fuerza suficiente para contener el embate de la pasión en los momentos cruciales? «Es un camino cenagoso —pensé—, pero ¿adónde llegaremos los europeos si optamos por ese sendero anárquico? Dicha rebelión sólo puede ser una forma grave de neurosis. No podemos aceptar que personas en pleno uso de sus facultades, con capacidad de autocrítica, sucumban así ante el torbellino de la pasión. No puedo aceptar que ningún sentimiento sea más potente que la razón... ¿Qué sería del mundo si admitiéramos esta suposición? ¿Qué alternativas más caóticas se nos presentarían si en el mundo de los sanos y los sobrios admitiéramos la existencia de estallidos así?

En el claro del bosque me asaltaron ideas de esta naturaleza. Pero intuí que mi argumentación era endeble y gratuita, porque «¿qué sería del mundo?» era una pregunta poco pertinente justamente cuando el género humano se comportaba como un psicópata peligroso que se empeña en destruirse a sí mismo y a su entorno. ¿No hay esperanza para el hombre?... En ese instante se alargó una sombra sobre la nieve. De entre los abetos surgió una figura oscura que avanzó a paso lento por el claro iluminado por la luna. Iba con la cabeza descubierta y el viento del norte le alborotaba el cabello gris. Lo reconocí: era Z. Se acercó sin prisas, me tendió la mano y sonrió.

—Se ha acabado el cautiverio —dijo con alivio—. Ahora ya podemos confiar en que el tiempo se muestre clemente.

Tenía una voz dulce y serena. Nos encaminamos en silencio por el bosque, de regreso al hotel. Me hubiera gustado decirle algo sobre lo que en ese momento me ocupaba la mente y el corazón. Pero mientras íbamos por aquel sendero entre los árboles, debí de intuir que él no era de los que creen que la razón sea necesariamente superior a los sentimientos. Eso me incomodó un poco. Callé. «Z. es un artista —pensé mientras avanzaba a su lado por la capa de nieve que cubría el suelo—, y en la sociedad el artista encarna algo maravillosamente superfluo, precisamente aquello que corresponde al plano de los sentimientos. No puedo esperar que se ponga de parte de la razón al cien por cien.» Sin embargo, ahora lo veía muy claro: aquel hombre vivía en los límites de toda convención social. ¿Qué podría preguntarle?... Sentí que él también era uno de los emigrantes voluntarios que frente a los ataques del tiempo huyen a la enorme foresta de la soledad, como en tiempos de la invasión tártara hicieron los sacerdotes cargados con las sagradas escrituras. La disciplina, los modales impecables, la cortesía, la callada tranquilidad con que caminaba a mi lado por aquel sendero helado y resbaladizo, todo aquello era, más que una invitación a la conversación, un rechazo... Pero al llegar al edificio, que con sus persianas cerradas se alzaba ciego, robusto y oscuro en la cima —también allí arriba, en los altos picos de la sierra, cumplían las órdenes referidas al camuflaje, como si temieran que un avión pudiera lanzar directamente allí sus devastadoras bombas—, Z. se detuvo. La luna le iluminó el rostro y en ese resplandor frío y duro su rostro brilló como una máscara sobre un escenario bañado por una pálida y lúgubre iluminación artificial. Se veía blanco, enjuto y huesudo, y sí, su sonrisa era propia de la máscara de un drama antiguo. No era una sonrisa irónica ni cómplice, sino rígida y controlada, como trazada en aquel rostro pálido con pintura blanca. Guardamos silencio. Z. permaneció apoyado en su bastón, como a la espera, en aquella escenografía lunar, de alguna señal, como el actor que aguarda la orden del director para iniciar su monólogo. A la luz de la luna, aquel rostro de hombre maduro, de rasgos marcados, que sonreía muda y fríamente, resultaba espectral.

—¿Por qué sonríe? —le pregunté en voz baja, sin poder evitarlo. Era una pregunta personal, algo muy distinto del tono que caracterizaba nuestra relación; pero ya no era capaz de seguir callando. La fría sonrisa no desapareció, pero su mirada adoptó la fijeza de unos ojos de cristal; sólo sonreía el rostro, los ojos no.

—¿Sabe?, probablemente sea necesario hacer sacrificios —dijo con el tono claro y sencillo que el adulto utiliza con un niño cuando pretende explicarle algo difícil con palabras elementales.

—Se refiere a la pareja de suicidas, ¿verdad? —dije a modo de buen discípulo que ha comprendido lo importante de la lección.

—A ellos —asintió con seriedad—, y a todos los que están agonizando en este momento. Y a los que morirán mañana y siempre.

Me sentí incómodo y traté de contestar con ligereza, sonriendo, como si así pudiera mitigar la tensión que se había creado.

—Todos los pueblos de la historia han creído en el sacrificio —comenté—, pero a veces cuesta entender la razón del mismo. Sobre todo la del sacrificio humano.

—Pues hay que hacer sacrificios. De lo contrario no hay cambio ni salvación —repuso con obstinación.

—Sí, son herencias ancestrales —respondí condescendiente—. Sin embargo, no puedo creer que esos dos desdichados hayan sacrificado su vida conscientemente. También existe la neurosis. Y los accidentes.

Asintió dándome la razón y se inclinó sobre el bastón con ambas manos.

—El valor del sacrificio no depende de si la víctima, voluntaria o no, cree en la redención. El sacrificio es un hecho. ¿Ha visto? El tiempo ha cambiado —añadió, y miró los árboles cubiertos de nieve y bañados por la luna.

Me impresionó aquella mirada de ojos de cristal, la seriedad y el tono mecánico de su voz, sus modales ceremoniosos y la fría sonrisa impresa en su rostro delgado y sacerdotal. Me estremecí. «Este hombre está herido», pensé. Tal vez por eso había desaparecido de los ojos del mundo. Pero ¿dónde lo habían herido? ¿En el alma o en el cuerpo? La máscara blanca y sonriente no respondió a mi pregunta muda.

—El cambio de tiempo es un hecho evidente —dije—, tanto como que aquella pareja ha muerto. Supongo que no sugiere en serio que ve alguna relación entre ambos hechos…

—No, no lo sugiero —contestó con calma—. Simplemente pienso en voz alta. Soy un ser humano y cada vez creo más que todo lo relacionado con éste no sólo existe en sí, sino que también depende de él. Entre el hombre y la naturaleza puede haber vínculos que desconocemos. Porque Dios está detrás de todas las cosas —añadió sin énfasis, con la misma naturalidad con que diría «sólo hay vida orgánica donde hay aire», como si mencionara casualmente algún hecho cotidiano de sobra conocido—. Mucha gente no lo sabe y niega la existencia de Dios. Siempre ha sido así, en todas las épocas. Nuestra época es tan desgraciada porque ha dejado de percibir directamente a Dios... Aún hay religión, pero eso no es lo mismo... Y hay gente que se considera creyente porque teme y reza y suplica a los santos. Pero ésa tampoco es esa relación vital con Dios sin la cual la vida no es más que una serie de temibles accidentes. Los que conocen a Dios no siempre son creyentes. Yo, por ejemplo, no soy creyente en absoluto —dijo con indiferencia—. A veces voy a la iglesia, pero más bien para admirar los retablos o disfrutar de la música antigua, y observo los ritos serios y austeros del ceremonial. Todo eso resulta muy bello, pero no es tan fácil llegar a Dios. También hace falta sacrificio.

Hablaba sin rodeos, como si diese por sentado que dos personas tienen que hablar sólo de lo esencial, como si no entendiese de qué otra cosa podrían hablar los hombres.

—La mujer era una neurótica —dije con cierto embarazo, como el que prefiere evitar los aspectos delicados e intangibles y prefiere ceñir su discurso a lo concreto.

—Sí —asintió con la cabeza—. Pobrecilla. Y el hombre era víctima de la voluntad salvaje que emanaba del sistema nervioso de la mujer. Era un hombre realmente necio —agregó en voz baja, confidencial—. A través de los finos tabiques de madera yo oía sin querer sus conversaciones nocturnas. Era necio hasta más no poder. No entendía en absoluto lo que le pasaba... Lloraba, suplicaba que volvieran a la ciudad, con sus familias. Imagine, ese desgraciado se sentía como si lo hubieran secuestrado unos malhechores. Simplemente no comprendía qué le pasaba, qué pintaba aquí con una mujer marchita, en la montaña, en una habitación de hotel, lejos de todo lo que daba sentido a su vida gris y simple. Estaba lejos de su trabajo, de su familia, de los negocios, lejos de sus amigos, de la gente para la cual el amor nunca ha sido más que una especie de negocio realizado de forma astuta y provechosa; simplemente no entendía qué pretendía Dios de él al apartarlo de su vida sencilla. Es algo que la gente raras veces comprende.

Callé. Todo aquello resultaba exagerado incluso a la luz de la luna y el sugerente ambiente de la noche; sonaba como cuando se escucha a alguien que habla desde la orilla opuesta.

—Cada vez creo más en el sacrificio —continuó—. Y lo que ahora sucede en el mundo no es más que sacrificio. ¿Cree que los pueblos, toda la humanidad, asumen terribles sufrimientos, vierten ríos de sangre, destruyen las instituciones y los edificios más bellos sin motivo alguno?... ¿De verdad cree que todo esto lo causa la voluntad de un puñado de personas perversas y malvadas? La inercia con que la gente obedece a los líderes de la guerra, ¿es realmente tan inexorable que millones de personas son incapaces de defenderse de ella y de sus regímenes políticos, y ejecutan a ciegas todas las formas de autodestrucción?

Y me miró fijamente a los ojos.

—No, no lo creo —dije a media voz—. Pero la inercia de las masas es un fenómeno extraordinariamente complejo. Y también es cierto que unas pocas personas y unos pocos regímenes, como usted dice, con la ayuda de una férrea estructura de corte policial son capaces de imponer su voluntad a millones de personas durante largo tiempo. No menospreciemos la realidad.

Miró la luna. Y prosiguió, con los ojos vidriosos:

—La gente desea sacrificarse porque solo así puede esperar reencontrarse con Dios. Quieren sacrificio... por eso lo asumen todo. Porque sin Dios no pueden vivir.

Seguía contemplando la luna y yo observaba su rostro.

No se movió y yo tampoco tuve prisa por volver al hotel, donde nos esperaban los sencillos placeres de la Nochebuena: platos pesados, una especie de banquete fúnebre que los testigos de la tragedia matutina, sin duda, celebrarían como tal.

—Nos hemos perdido en divagaciones —dijo entonces. Y me sonrió afablemente, como excusándose—. Últimamente hay mucha gente que se pierde al preguntarse el porqué de las cosas… Tal vez nosotros también merezcamos el perdón. Sólo he querido decir que todas las creencias populares proclaman la necesidad del sacrificio. En los pueblos primitivos suelen sacrificar a alguien cuando lleva mucho tiempo sin llover o sin lucir el sol. Yo, claro está, no creo que haya relación entre el cambio de tiempo y el suicidio de esos desgraciados huéspedes… no me entienda mal. Sólo digo que existe relación entre todos los fenómenos —y la voz le sonó aguda y estridente— porque Dios está detrás de todo. Esa es mi fe, una fe tan fuerte que ninguna religión puede contener dentro de sus límites. Y cuando veo que ciertos fenómenos extraordinarios o insólitos se suceden unos a otros, no me obsesiono en la búsqueda de las relaciones entre ellos, simplemente constato que han sucedido, o sea, que uno de los fenómenos guarda alguna relación explícita o tácita con el otro. La gente se vuelve sorda —comentó con tono mordaz—, y no sólo con respecto a los sonidos. Se quedan sordos por los ruidos apagados de la vida, no oyen lo esencial, no perciben las señales. Pero Dios nos habla sin cesar, nos advierte continuamente. Pero claro, no lo hace desde las nubes con voz estridente. A veces habla en voz muy baja y sus consejos y advertencias son muy lacónicos. Alguien dijo que toda su vida había oído una voz que le advertía lo que no debía hacer, pero que nunca había oído una voz que le dijera lo que debía hacer... ¿Quién fue, no se acuerda? Yo tampoco. Tal vez Goethe; siempre acabamos atribuyendo toda la sabiduría a Goethe. También es verdad que tenía un oído perfecto. No en vano detestaba los anteojos y todo instrumento o artilugio que volviera al hombre perezoso, incapaz de captar de forma directa los fenómenos del mundo. Los sabios de las grandes culturas antiguas, los astrónomos y químicos asirios, babilonios y caldeos carecían de instrumentos, y sin embargo vivían muy cerca del rumor del mundo, oían todos los sonidos del cielo y la tierra, los percibían y sacaban conclusiones precisas... En cambio nosotros, con nuestros telescopios y microscopios, conocemos los detalles con mayor precisión pero estamos más alejados del conjunto, del todo. Dios no le susurra al hombre lo que tiene que hacer, ya que ése es el destino del hombre: ejercer su libre albedrío. Pero quien aún no se ha vuelto sordo del todo siempre escucha las voces que le disuaden de hacer lo que no debe. Esos pobres ya estaban sordos —dijo con un gesto de superioridad y perdón, y señaló el valle, donde los dos cadáveres ya descansarían en alguna cámara mortuoria de pueblo—. Los ensordeció el ruido de la pasión grotesca que les cayó encima como un trueno o una cascada. ¿Qué cree, qué pudo haber entre ellos? ¿Un fulminante rayo erótico? No creo. ¿Qué es lo que atrae a personas así para arrancarlas del cobijo seguro de su hogar, de su familia, qué los hace huir al desierto o la montaña, donde perecen como bestias indefensas que han perdido el contacto con su manada?... ¿Qué es esa fuerza? —preguntó en voz alta y se enderezó.

Al resplandor frío se veía demacrado; inclinado sobre su bastón parecía una presencia tan extraña como un viejo pastor bíblico. Con su rostro pálido, su cabellera ondeante y su mirada fija, el pastor que medita sobre el destino de su rebaño. No lo distraje.

—¿Entramos? —propuso luego, y señaló la puerta del hotel con la punta del bastón.

Su voz tenía tono de disculpa, como si pidiese perdón por el énfasis que había puesto en sus palabras; después de varios días de mutismo cortés había roto el silencio con una confianza brutal, desproporcionada, y ahora se excusaba por ello. Pero en realidad su desahogo no me parecía una exageración ni algo insólito. Los hecho ocurridos en aquel momento especial, la magia suave y al mismo tiempo inquietante de la Nochebuena, así como la sinceridad y espontaneidad que irradiaba, más que sus palabras, la personalidad de Z., hicieron que el giro inesperado del encuentro y la conversación me pareciera natural. Entramos en el edificio, donde nos recibió un profundo silencio. La radio callaba, los cazadores fumaban sentados a su mesa y alzaban calladamente las copas de vino, el viejo funcionario apasionado por la fotografía se inclinaba sobre sus álbumes con los gestos de un estudiante absorto y era evidente que no tenía ganas de sostener ninguna conversación. El árbol decorado con manzanas rojas y velas blancas estaba sobre la mesa, en el centro del comedor, y los hosteleros me indicaron con un gesto de excusa que aquella noche especial cenaría en la mesa de Z. pues mi sitio estaba ocupado por el arbolito de Navidad. Z. me invitó a su mesa con un gesto comedido. La cena fue abundante, como si el rumano quisiera compensar con los placeres de la mesa todo lo que en los días anteriores había sobrecogido y decepcionado a los huéspedes. Sumidos en un silencio adusto, comimos deprisa. Aún no habíamos terminado el plato principal cuando el fotógrafo aficionado se despidió. Poco después también los cazadores se dispusieron a retirarse; desearon buenas noches y felices fiestas en voz queda y subieron a sus habitaciones, llevando por precaución una botella de aguardiente sin empezar. Serían las nueve de la noche cuando terminaron de servir la cena y en el comedor quedábamos sólo Z. y yo.

—¿Tiene sueño? —preguntó. Contesté que no y él propuso—: Creo que podríamos celebrar esta triste noche con una copa ligera, de vino de la llanura.

Pidió vino a la chica que hacía de camarera, vino blanco con agua mineral.

—Feliz Navidad —dijo cuando nos lo sirvieron, y levantó en alto la copa.

—Feliz Navidad —le correspondí.

Guardamos silencio. Sólo estábamos los dos en el salón; los hosteleros celebraban la Nochebuena en su vivienda.

—Feliz Navidad —repitió en voz baja, y dejó la copa sobre el mantel de cuadros—. Qué palabras más bellas y qué bien suenan... Austeras y perfectas como una fuga de Bach. —Su comentario revelaba un interés sincero y benévolo—. Estaría bien comprender qué le pasa al hombre —dijo con tono confidencial y, echándose hacia delante, fijó en mí sus ojos escrutadores.

—¿Al hombre?... ¿A quién se refiere? —pregunté—. ¿A los desgraciados que anoche fueron derrotados por una patética pasión, a ese incidente grotesco?

Apoyó los antebrazos en las rodillas, se acercó más y su mirada ardió gélidamente como la de un animal en la oscuridad. Tardó en contestar.

—Todo ser humano debe asumir algún día el peso de la pasión, como si fuese una cruz. El pecado se consume en el hombre y en la tierra con la ayuda del fuego. ¿Acaso cree que el mundo arde sin razón alguna, ahora, a todas horas, día y noche? —Lo preguntó desde tan cerca, con un énfasis tan inquietante, que un escalofrío me recorrió la espalda.

—¿Qué quiere decir? —repuse turbado.

Se quedó inmóvil, con la cabeza ladeada y apoyada en una mano, mirándome. Todo lo que resultaba incómodo y exagerado se derritió en el calor de aquella mirada. Nunca en ninguna relación humana había sentido la extraña proximidad que experimenté entonces. No sabría definir la sensación, sólo recuerdo que me invadió una súbita expectación, como cuando está a punto de acontecer un hecho extraordinario. Era uno de esos raros momentos en que, con el ímpetu de la pasión, el fanatismo o la fe, alguien revela a otro algo del sentido oculto del mundo. Todo lo que había sucedido aquel día, todo lo que sucedía en el mundo, adquiría un sentido peculiar en las palabras de Z.

—Quiero decir —contestó despacio— que por obra de la pasión yo ya he estado en la otra orilla. Para el hombre es el único camino practicable si busca la salvación y quiere llegar a Dios. ¿Y quién no busca la salvación? —preguntó retóricamente—. Con toda seguridad tampoco es casualidad que nos hayamos encontrado en la montaña y pasemos juntos la Nochebuena. Usted conoció a uno de los protagonistas de mi historia.

Comprendí que se refería a la dama en cuyo salón nos habíamos conocido años atrás, y asentí con un gesto, dándole a entender que apreciaba el valor de su confidencia. Siguió un silencio denso. Eché un vistazo a mi reloj de pulsera: pasaba de las nueve. En lo alto de la sierra el tiempo se medía de forma distinta que en la ciudad, y las noches anteriores, a esa hora, la mayoría de las veces ya me había despedido de mis contertulios ocasionales. Pero ahora sería una falta de tacto retirarme. Ni yo mismo sé lo que esperaba. Tal vez una especie de conversación que, vistas las cosas, no me hubiera sorprendido: alguna confesión profunda, o una conclusión patética de aquel día tan peculiar. Pero Z. callaba y a continuación, para mi sorpresa, bostezó con la boca de par en par.

—Estoy cansado —dijo, desperezándose, y se puso en pie—. ¡Vaya día!... ¿Ha leído la prensa? Las ciudades de un continente lejano son destruidas por un terremoto; en los Balcanes, en un puerto cercano, han registrado un brote de peste; por la mañana las bombas han vuelto a destruir una ciudad europea... Guerras, plagas, seísmos, todo converge. Sí, son las premoniciones del Apocalipsis —dijo con sencillez y volvió a bostezar. Ahora de su voz faltaba toda tensión dramática; hablaba con apatía, como quien echa cuentas del destino del mundo y se encoge de hombros con impotencia. Y luego, sin transición, dijo—: Lo mejor sería irnos a la cama. Este vino no merece que trasnochemos por él. —Y se encaminó hacia la puerta.

Me levanté y lo seguí.

—Pensé que aún querría decirme algo —comenté en la puerta.

Se detuvo en el umbral y me miró con asombro.

—¿Decir algo?... ¿Qué podría decirle?... Ya nos lo hemos dicho todo. —Miró el techo y agitó la cabeza cana—. No, querido amigo —añadió con sencillez—, de verdad no sé qué otra cosa podríamos decirnos. ¿Qué nos podemos decir los humanos?... Nada ayuda —admitió con resignación—. Hoy ha podido comprobarlo una vez más. La gente es arrancada de su destino por impulsos primarios incomprensibles, la rebelión de los elementos destruye el mundo humano... Siempre se trata del mismo drama, a grande o pequeña escala: aquí arriba la tragedia trivial de una mujer enferma y un hombre estúpido, abajo en el valle la tragedia de la humanidad que llora y se encoge ante su destino impío. La destrucción campea a sus anchas, porque la gente ya no conoce a Dios. ¿Deberíamos hablar de eso? ¿Para lamentarnos como un coro griego?... Pero si usted también lo conoce bien. Es escritor, tiene que saber que sin la ayuda de Dios para el hombre no hay salvación en la tierra.

Y volvió a encogerse de hombros, dispuesto a marcharse. Pero en el primer peldaño de la escalera se dio la vuelta.

—¿Hasta cuándo se queda aquí? —preguntó quedamente.

En la casa ya todos parecían dormir. Le contesté en voz baja que me quedaría dos días más; que volvería a casa el segundo día de fiesta. Z. asintió.

—El fin de semana yo también me voy —dijo—. A Suiza, por largo tiempo.

Respondí que todos sus seguidores se alegrarían de que volviese a tocar el piano. En medio de la penumbra, sus ojos penetrantes adquirieron una expresión inquisitiva.

—¿El piano?... ¿Yo? —preguntó, y su voz reflejó un asombro sincero, como si le hubiera lanzado una acusación hiriente e imposible, como si yo supusiera que en secreto serraba leña o domaba osos.

—Creí que en Suiza daría conciertos —dije, confundido.

Sacó una pequeña linterna e iluminó el suelo como si buscara algo.

—¿Yo conciertos?... —murmuró divertido, observando los peldaños. Luego, sin transición alguna, me miró a los ojos al tiempo que me iluminaba con la linterna—. ¿Es que no lo sabe? —preguntó en voz más alta, como si dudara de mis palabras y por eso me proyectara el haz—. Nunca más daré conciertos.

Como no dio más explicaciones, le contesté azorado que ignoraba sus intenciones.

—¿Intenciones? —musitó con asombro—. No tengo ningún tipo de intenciones. Simplemente no puedo volver a tocar el piano. Nunca más —precisó con calma.

—¿Qué ha pasado? —pregunté en voz baja, desconcertado.

—Pues esto —repuso, y levantó la mano derecha a la altura de mis ojos. Dobló tres dedos y me enseñó el meñique y el anular. No se veía ningún tipo de lesión.

—¿Le duele la mano? —pregunté.

—No me duele, está paralítica. Estos dos dedos están paralíticos. Pasa por ellos un nervio minúsculo —explicó con tono afable, como si instruyera a un no iniciado en algún tema elemental—. Un nervio que mueve estos dos dedos. Ese nervio está muerto, se quemó durante una enfermedad. Nunca más podré tocar el piano —concluyó sin énfasis. Y como quien espera con paciencia las preguntas de un alumno novato, me miró con benevolencia.

—¿Cuándo sucedió? —pregunté con un hilo de voz.

—Hace tres años y cuatro meses. En septiembre, cuando estalló la guerra. ¿No lo sabía?... —preguntó de nuevo, jugueteando con la linterna, apagándola y encendiéndola.

—No —respondí con cierto embarazo. Y como el que pretende justificar un desliz, murmuré—: Sólo sabía que se había retirado, que da pocos conciertos y que se dedica a la enseñanza.

Se encogió de hombros.

—De algo tengo que vivir. —Y lentamente empezó a subir la escalera.

Lo seguí sin hablar, tropezando en la oscuridad. En el pasillo de la primera planta pasamos junto a la puerta precintada de la habitación donde había ocurrido la tragedia. Z. no se detuvo, siguió con paso tranquilo. Al fondo del pasillo, delante de mi habitación, se volvió y me tendió la mano.

—Buenas noches —dijo con calidez—. Ha sido un día duro, nos vendrá bien dormir.

Le estreché la mano y no la solté.

—¿Qué le ha pasado en la mano? —pregunté en voz baja—. Si no le importa que lo pregunte.

—Pero si se lo he dicho —contestó con paciencia—. Hace tres años enfermé. Estuve largamente confinado en un hospital de Florencia. Dos dedos se me quedaron paralíticos. Eso es todo.

Hubo un silencio.

—No sabía nada —me excusé al cabo.

—Es que uno no va por ahí jactándose de estas cosas —contestó amigablemente—. Mi desaparición de las salas de conciertos no levantó ningún clamor, nadie me echó de menos. Eso enseña lo que valen las cosas... —Y emitió por lo bajo una risa escalofriante.

—¿Qué cosas? —le pregunté.

—Pues la fama, el mundo... —Se encogió de hombros.

—Pero es terrible —dije sin poder evitarlo—. No podrá volver a sentarse al piano...

Ladeó la cabeza y me miró con seriedad.

—¿Terrible? —repitió con apatía, arrastrando la voz—. Tal vez fuera terrible si me hubiera fulminado de un día para otro. Pero todas las cosas tienen su tiempo y su lugar. Para cuando uno se enfanga en una situación, ya ha pasado mucho tiempo y nos acostumbramos a los cambios. Imagínese —dijo elevando la voz—, si hace cinco años la humanidad se hubiera encontrado de sopetón con todo lo sucedido en los últimos cinco años... La especie humana seguramente se habría vuelto loca. Pero como todo eso ocurrió poco a poco, nos habituamos a ello. Y también nos acostumbraremos a lo que vendrá más adelante.

Le solté la mano y me quedé en medio de la penumbra sin saber qué hacer.

—¿Qué le pasó? —pregunté. Aquella conversación de tono misterioso, en el pasillo del hotel, nos asemejaba a dos compinches hablando sobre algún crimen pasado.

—Una enfermedad —dijo con sencillez—. Tiene un nombre, un nombre que suena muy bien. Pero ese nombre no es más que un cubo de basura: echan en él toda clase de cosas. La realidad es la enfermedad, nada más. Y también es una realidad que me ha despojado de la música. Ahora tengo que vivir como mejor pueda. Por eso voy a Suiza.

Le dije que podría escribirle a unos amigos míos suizos que tal vez conocieran algún remedio para su mal...

—No lo creo —respondió—, pero le agradezco su buena voluntad. A mí ya nadie puede ayudarme. Porque no sólo se trata de que la música me haya abandonado... yo también he abandonado la música. No sin razón. Y las dos cosas, la enfermedad y mi huida de la música, guardan relación. He aprendido muy bien la lección —añadió—. En el organismo humano hay catorce mil millones de neuronas, la célula que nunca se regenera. Si una neurona muere, no se regenera. Las células de la sangre, el sistema óseo, todo puede regenerarse; menos la neurona. Catorce mil millones —repitió sonriendo—, vaya cifra. Así de ricos somos. Imagínese, catorce mil millones de fotocélulas y cada una con un recuerdo, un estímulo, una diminuta fotografía... Y basta que la mente conecte todo eso para que, por ejemplo, visualicemos un rostro de nuestra infancia, cuyo recuerdo pervive allí, en alguna neurona. A mí sólo me faltan unos cientos de miles, las que mueven dos dedos de mi mano derecha. Por lo demás me he recuperado perfectamente. También podría decir que he tenido suerte... Otros quedan paralíticos de por vida tras sufrir una enfermedad así, son incapaces de caminar y hay que alimentarlos, a veces no pueden tragar ni hablar, o se quedan sordos. La enfermedad fue más indulgente conmigo. Sólo me despojó de la música.

Lo dijo con una resignación natural y magnánima, como puede hablar un rey en el destierro al constatar que sólo le han quitado su reino.

—Ya —dije turbado—. Ahora comprendo. Vistas así, las cosas tienen otro cariz... —Pero no me dejó terminar el lugar común.

—No me compadezca —dijo cortante—. La enfermedad da tanto como quita.

—¿Tanto como la música? —repuse con falta de tacto.

—Otra cosa, pero igual de tanto —contestó—. Eso lo describí una vez. Quería entender lo que había sucedido, por eso lo escribí. Últimamente no tengo otra cosa que hacer... ¿Quiere leerlo? No puedo jactarme de haber escrito una obra literaria, desde luego. Pero usted es escritor, tal vez lo entienda... —dijo y suspiró—. Resulta muy difícil transmitir nuestras experiencias a otras personas, ¿verdad? Me refiero a que tal vez podamos describir lo sucedido, como cuando uno redacta un informe médico. Pero la causa profunda de lo sucedido... eso es muy difícil de reflejar. Casi imposible. Compadezco a los escritores.

Traté de contestar en tono gracioso: en nombre de los escritores agradecí su comprensión y le dije que naturalmente sería un placer leer sus notas.

—Sí —dijo y volvió a tenderme la mano—, algún día. Con mucho gusto. Buenas noches.

Y me dejó plantado en el pasillo. Entró en su habitación sin volver la cabeza y oí que echaba la llave.

2

Estuve dos días más en aquella montaña. Durante las jornadas de fiesta lució un sol radiante. El domingo subieron huéspedes desde el valle y el hostelero colgó el cartel de «completo». Se sucedieron cazadores y excursionistas, y el día siguiente a la Navidad nuestros dos monteros improvisaron un victorioso festejo, ya que por la tarde uno de ellos, el más alto, había abatido su primer urogallo. El obseso de la fotografía volvió de los claros del bosque con una pieza igualmente valiosa: se encerró durante horas en el único cuarto de baño del hotel, que estaba bastante destartalado, y a la luz de un quinqué envuelto en celofán rojo reveló docenas de fotos paisajísticas de incomparable belleza. El hotel se llenó de vida, de voces estridentes; sobre los suicidas sólo hablaban los recién llegados, y los huéspedes que habían subido del valle en el transcurso de la tarde querían ver el escenario de los hechos, cuyo eco había recorrido el país. La leyenda criminal, que en casos similares cobra vida propia y se propaga sin remedio, crecía en boca del rumano y se enriquecía con nuevos detalles y colores en cada relato. Todo el mundo estaba al corriente de que la desdichada pareja había despertado «sospechas» nada más llegar, que al ver su equipaje la mujer del hostelero había visto enseguida que «algo no cuadraba»; las criadas, que los habían espiado y comprobado que «pasaban día y noche preparándose para morir», ahora entretenían a los huéspedes con comentarios sazonados con otras insinuaciones maliciosas y sutiles, y ellos picoteaban con avidez las migas del sabroso manjar. Pero nosotros, los testigos presenciales de la dolorosa sorpresa navideña, no volvimos a hablar del asunto. Yo dediqué esos días a caminar por el bosque; el paisaje se había llenado de radiación ultravioleta. Los breves ratos que pasaba en el comedor trataba de superar cuanto antes la ruidosa media hora de las comidas; los excursionistas llegados del valle llenaban el hotel con el bullicio de su buen humor y el propietario tenía sobradas razones para confiar en que a lo siniestro lo seguiría un giro positivo; su sueño, el del edificio de hormigón y el *dancing* de luces rojas, tal vez no fuera una vana ilusión... Seguía haciendo frío, pero a mediodía paseábamos sin abrigo por los soleados senderos.

Aquellos dos días a Z. sólo lo vi en las comidas; la mañana siguiente a nuestra conversación de Nochevieja me saludó amablemente pero con reserva, y durante el desayuno se ensimismó en su periódico. Después me saludó —considerado pero indiferente, como había sido anteriormente, y como si nunca hubiéramos hablado sobre asuntos confidenciales—, se puso el abrigo y con la cabeza descubierta salió en dirección al bosque. Ya conocía bien la zona, había encontrado caminos y senderos propios, así que no me topé con él durante mis paseos; el bosque era inmenso, una selva virgen, por eso evitaba desviarme de los caminos más transitados aunque brillara el sol. Así que los últimos dos días de aquellas vacaciones navideñas maltrechas e incómodas los pasé solo. No diría que en ese tiempo Z. rehuyó mi compañía, pero tampoco la buscó. Después de todo lo hablado, aquella reserva me hizo pensar que se arrepentía de su locuacidad. Como si lo torturara una especie de resaca. En ocasiones excepcionales a veces la gente, embargada por el *phatos* de una situación, revela en un arranque de sincera confidencia sus ideas más secretas ante desconocidos, y al día siguiente disimula —malhumorada y mostrando una reserva exagerada— el sentimiento de culpa que la martiriza a causa de su franqueza. Tal vez a Z. le pasara algo así, pensé. Todo lo que había dicho sobre su enfermedad, sobre la invalidez de la mano, me había causado una honda impresión, pero me impresionó aún más la forma en que se había referido a todo ello. Su desaparición, el silencio indiferente que cubría hacía años su nombre, aquel repentino encuentro conmigo en la montaña, el terrible espectáculo que presenciamos y en el que participamos como actores de reparto, su inesperada locuacidad: todo aquello formaba una especie de orden tremendo e incomprensible. Como si el sentido de mi propio viaje navideño hubiera sido enterarme de la verdad sobre el destino de Z. Al mismo tiempo sentía lo vano que resulta todo esfuerzo de acercarnos al secreto de otra persona: en realidad, no sabía nada cierto sobre la vida de Z. De las salas de concierto lo había apartado una desgraciada enfermedad, pero ¿por qué no componía música?, me pregunté. Z. no sólo era intérprete, sino también compositor, y sus obras, sobre todo sus recopilaciones y transcripciones de canciones folclóricas francesas, húngaras y rumanas, eran muy apreciadas. Sin embargo, hacía años que no se oía nada sobre su trabajo, no aparecía ningún artículo ni crítica, nada de nada. ¿Qué le había pasado a aquel hombre? Seguramente más de lo que me había contado... De súbito recordé que escribía, me había hablado de un texto carente de «valor literario» y que me enseñaría si me interesaba. Decidí respetar su extrema reserva, pero antes de irme le recordaría su promesa y le pediría el manuscrito, aunque tal vez no querría enseñármelo por simple modestia. Y es que desde nuestra conversación nocturna, Z. se limitaba a saludarme, tan cortés, comedido e indiferente como los primeros días, como si no hubiera sucedido nada, como si en aquella extraña Nochebuena no hubiéramos hablado sobre enfermedad, muerte, destino... La noche anterior a mi partida decidí esperarlo en el comedor, despedirme de él y, a ser posible, sacar a colación el asunto del manuscrito. Pero ya habían pasado las nueve y Z. no aparecía en el comedor. El hostelero me aclaró que se había ido.

—Sólo estará fuera tres días —dijo—. Desde la ciudad mandaron un automóvil para recogerlo.

Lo habían llamado de una pequeña ciudad cercana, en el valle, y se había llevado consigo aquel «extraño artefacto» parecido a un gramófono, pero que no lo era, según dijo el hostelero, bien informado y con una mezcla de respeto y desprecio por el aparato que solía utilizar Z. en sus viajes para grabar canciones folclóricas. En aquella ocasión le habían prometido canciones de Navidad en una pequeña aldea húngara y, como también le facilitaron el medio de transporte, aprovechó la oportunidad de bajar al valle sin demora. Pregunté si me había dejado algún recado, carta o manuscrito... No me había dejado nada. Tal vez había olvidado su promesa; o tal vez se había precipitado al hacerla y luego, arrepentido, la inesperada excursión le vino muy bien para desaparecer. Sea como fuere, lo cierto era que se había ido intempestivamente y yo me marcharía sin poder despedirme de él. Al hostelero le pedí que lo saludara de mi parte y que le entregara mi tarjeta, en la que garabateé mi dirección y número de teléfono.

Pasaron semanas y Z. no daba señales de vida. Durante todo ese tiempo nada cambió respecto a él: su nombre siguió sin aparecer en la prensa y ninguna de las personas con que hablé tenía noticias suyas. Seguramente se habría ido a Suiza, tal vez, con la secreta esperanza de que los famosos médicos suizos pudieran curar su mano enferma. Transcurrieron meses y las dificultades, que en tiempos tan aciagos pesaban sobre la vida de todos, poco a poco eclipsaron a Z. en mi memoria junto al inquietante recuerdo de aquella extraña Navidad. La desgracia que por entonces asolaba a la humanidad entera era de dimensiones tan colosales como un deslizamiento tectónico que barriera y cambiara la faz de la tierra. Me olvidé de Z., de los trágicos amantes navideños, y la cortina negra de los desastres ocultó otros muchos recuerdos: los de agradables y sentimentales encuentros, situaciones y personas. Tras muchos meses —ocho, para ser exactos—, un día de otoño, leyendo el periódico del mediodía en el tranvía, me enteré de que Z. había fallecido en un balneario suizo. La nota era lacónica. A partir de entonces el mundo recuperó la memoria, y artículos y semblanzas rindieron homenaje a la obra y la personalidad del gran músico. Aquellos días, cuando todas las semanas se destruían metrópolis enteras, la noticia de la muerte de Z. me afectó de una forma singular. Pensé que el destino tenía mayor fuerza que cualquier otra cosa, y que a pesar de haber conseguido huir de la zona en guerra a uno de los últimos reductos de paz, Z. había pagado su último tributo, al igual que todos aquellos —cientos de miles o millones— que por entonces perecían en los diversos frentes bélicos... Z. había muerto, y lo había hecho en uno de los centros sanitarios bien equipados y modélicamente gestionados de la pacífica Suiza. Yo no sabía nada seguro sobre las circunstancias de su muerte, pero tres semanas después me llegó por correo un grueso sobre. Lo remitía la embajada de Suiza, uno de cuyos funcionarios me informaba escuetamente que en tal sanatorio había fallecido el pianista húngaro Z., y que según las disposiciones del difunto, de su herencia me correspondía un manuscrito. La embajada lo adjuntaba y solicitaba acuse de recibo. Eso era todo.

Eso era todo, y por mucho que sacudiera el sobre y hojeara las páginas del manuscrito mecanografiado, no hallé las líneas que esperaba encontrar: unas palabras dirigidas expresamente a mí, unas palabras con las que Z. me exhortara, me confiara y ordenara que hiciera tal o cual cosa con su manuscrito... Investigué si tenía familiares. En un pueblo lejano tenía una hermana casada, una mujer mayor y sencilla que reaccionó a mi carta con ingenuidad y confusión. Por su parte, la dama en cuya casa yo había conocido a Z. en el segundo año de la guerra se había ido con su marido, un diplomático, a un país extranjero neutral. También me enteré de que Z. no tenía amigos ni personas de confianza, al menos nadie que hubiera podido asegurarme que conocía sus intenciones y orientarme con respecto al manuscrito. Éste me había llegado por encargo de su autor, pero sin instrucciones relativas a su uso, y además sólo era un fragmento; a todas luces formaba parte de un texto más extenso, tal vez un diario o unas memorias: en realidad carecía de principio y de fin, como si lo hubieran arrancado de un cuaderno dejándose el resto de las hojas. Si bien lo leí más de una vez, no fui capaz de decidir si se trataba de un diario o unas memorias, si se había escrito para el público o para unas pocas personas de confianza, si Z. quería que lo leyeran otros o lo había escrito siguiendo un impulso emocional en un momento de extrema crisis espiritual... Pero fue precisamente la lectura repetida lo que me convenció de que su publicación no violentaría la voluntad de Z. Cuando una persona recrea con la pluma experiencias personales siempre se está dirigiendo a un público, aunque opte por el género íntimo del diario; sí, la literatura nos enseña que los grandes diarios se han escrito para el público. Pero aquel manuscrito ni siquiera imitaba el género del diario: contaba con tono más bien literario algo que al autor le parecía una experiencia importante. Al leerlo, también me convencí de que no tenía derecho a considerarlo un asunto privado: cuando una persona al borde de la muerte se sincera respecto a lo que le ha parecido importante en la vida, sin duda espera que su confesión pueda serles útil a otros. Es posible que sea una esperanza vana, pero de esta clase de esperanzas se nutre uno en su miserable vida. Por todo ello, reproduzco el manuscrito íntegramente, y confío en que, una vez leído, el lector decida si se trata de un asunto privado o de algo más general que atañe al destino común de los humanos... Eso es lo que considero oportuno hacer, y creo obrar según la voluntad de Z. al no añadir ningún comentario a sus palabras. Cuando alguien habla desde la otra orilla sobre las cuestiones de la vida y la muerte, sobre las grandes emociones que mueven al hombre, como la fe, el amor y la pasión, los que aún están en esta orilla no pueden responder. Deben callar y escuchar. Con este silencio y esta curiosidad impotente leí el manuscrito de Z. Sus páginas no dan respuesta a las interrelaciones entre vida y muerte, pero ¿existe acaso otra respuesta que la humildad con que aceptamos nuestro destino?

He aquí el manuscrito de Z.

3

... A finales de septiembre decidí aceptar la invitación del gobierno italiano y hacer un viaje a Florencia. La invitación me la comunicó el embajador, quien, al ver mi sorpresa y reparo, recurrió a su tono más solemne para convencerme. Aún no sé cuánto sabía aquel hombre sobre la relación que me unía a E. Ese círculo cerrado y hermético que en una gran ciudad suele llamarse «buena sociedad» —de cuyo núcleo más profundo y ceremonioso forma parte toda persona vinculada a la diplomacia— naturalmente sabía que yo frecuentaba la casa de E. desde hacía años. El embajador italiano llevaba ya tres años entre nosotros y no había mes que no nos cruzáramos en alguna velada, donde queriendo o sin querer se encontraban con obstinada invariabilidad todos los que por alcurnia, rango, fortuna o vocación integraban una suerte de noble comunidad de intereses. También había visto en mis conciertos a ese hombre canoso, melancólico y elegante que parecía encarnar la arraigada y púdica tristeza, no de un individuo o una familia, sino del hombre europeo en general; músico aficionado y hombre culto y mundano, sentía atracción por todo lo que fuera intelectual y artístico y no ocultaba que, a su entender, el talento era el rasgo más noble de la existencia humana, una nobleza que se impone a todo título heredado. «El artista debe su nobleza a Dios —dijo en una ocasión—. El público sólo puede brindarle su confirmación exterior.» Sabía seguramente que yo era desde hacía años amigo y casi un familiar más de un colega diplomático suyo, y que tanto la esposa como el marido me dispensaban amistad y confianza. En el reducido círculo en que se mueve la vida de personas así, todo el mundo lo sabía y todo el mundo creía saber la verdad, lo que en las ásperas palabras del lenguaje cotidiano probablemente sonara ordinario: yo era el amante de una mujer casada cuyo marido callaba y soportaba el triángulo amoroso con indiferencia, tal vez con alivio. De todo aquello, claro está, nunca habíamos hablado E., su marido y yo, pero creo que los tres conocíamos aquel chismorreo burdo pero muy creíble. Nos habíamos resignado, lo soportábamos con impotencia, uno porque su dignidad le impedía protestar contra las sospechas de la gente, el otro porque no tenía ni fuerzas ni modo de protestar. El embajador me había animado con insistencia y amabilidad a aceptar la invitación del gobierno italiano, aduciendo que en tiempos de guerra constituía un encomiable servicio a la cultura proporcionar belleza y un entretenimiento noble, que el artista siempre era una especie de embajador, y otros lugares comunes por el estilo. Al verme vacilar, me miró a los ojos con seriedad y, con la amigable benevolencia del hombre mundano, dijo:

—Estamos en guerra y pronto cerrarán las fronteras. —Me puso la mano en el hombro—. Ya queda poco tiempo para poder viajar por Europa. Y usted necesita irse de aquí, ¿no es así?

—¿A qué se refiere? —pregunté.

Nos miramos fijamente. Se encogió de hombros como diciendo: «Sabe de sobra a qué me refiero, ¿para qué engañarnos?...» Comprendí que se refería a E., a nuestra supuesta relación amorosa, la cual —él y otros muchos lo creían así— me ataba a aquella mujer, al miserable triángulo que ya era hora de romper. Todo eso lo sugirió con mucho tacto, indirecta pero inequívocamente, y yo comprendí que en efecto me convenía irme de viaje por algún tiempo, porque la calumnia tiene la peculiaridad de hacerse realidad aunque carezca de fundamento. Asumí lo que ya sabía hacía tiempo, pero que prefería no encarar: que a E. y su marido les debía aquel viaje, que estaba en deuda con ellos, que tenía la obligación de romper el círculo secreto que nos encerraba en el hechizo de una amistad inverosímil e incomprensible. ¿Quién podía entenderlo? ¿A quién podía exigirle que creyera que se trataba de una amistad pura, incondicional y sin segundas intenciones? ¿Podía pedirle a la gente que viera de una forma distinta de lo normal la atracción que sentía hacia mí aquella mujer bella, joven y extraordinaria, y que hacía años asumía públicamente nuestra relación con la orgullosa sinceridad de las personas independientes?... Un célebre artista, una mujer hermosa y culta, centro de la vida social, y un marido diplomático que se hacía viejo, constituían sin duda el triángulo ideal. ¿Quién podía pensar en otra cosa que no fuese una relación amorosa en el sentido cotidiano de la palabra, uno de los juegos de sociedad que en un sinfín de ocasiones la vida organiza con absoluta indiferencia? Desde fuera, a nadie le resultaba difícil interpretar la relación entre los tres según los cánones habituales. Las preguntas que yo también me planteaba últimamente se reflejaban con una sinceridad maliciosa y socarrona en las miradas de la gente. Muchas veces sucede que una relación forjada en el amor se transforma en amistad, con menos frecuencia ocurre que en una larga amistad salte la chispa del amor. Pero ¿podía exigirle a la gente que comprendiera lo que nos unía a los tres en aquel vínculo sólido y profundo? Era imposible que no hubiera erotismo en el fondo de una relación tejida por una larga amistad entre un hombre y una mujer bella y joven. Me acordaba de sueños en que el cuerpo de E. emergía de las tinieblas con su dulce atracción sensual, y de nuestro primer encuentro, cuando su cuerpo y sus maneras me habían lanzado un inequívoco mensaje erótico. Y para colmo, el físico de aquella mujer era de una sensualidad provocativa e irresistible. Su cabello rubio, cuyos tonos suntuosos no habían sido alterados por los artificios de ningún peluquero, aquella cabellera vibrante, espesa, poseedora de los suaves tonos dorados con que la naturaleza distingue a las mujeres nórdicas, así como el oscuro ardor de sus ojos y el intenso blanco de su piel, constituían un mensaje desafiante para el mundo: ¡aquí estoy, pelead por mí!

¡Y cuántos se lanzaron a esa lucha desesperada! Hacía ocho años que nos unía la amistad, llevaba ocho años observándola —casi diría «llevábamos», porque su marido y yo éramos viejos aliados secretos en dicha labor— y viendo cómo hombres seguros de sí mismos, convencidos de sus dotes conquistadoras, o por el contrario, desorientados, hechizados por su belleza, trataban de aproximarse a ella a veces con arrogante indiscreción, a veces con patética agitación, para salir huyendo enseguida de la vorágine que representaba aquella peligrosa mujer. Porque E. era una vorágine, pero pocos hombres comprendieron a tiempo el peligro que eso suponía. ¿Quién conocía perfectamente todo aquello? Yo, sin duda alguna, y aquel penoso secreto constituía ya el sentido triste de mi vida. El marido también lo sabía, y soportaba su destino con la magnánima paciencia de una persona procedente de épocas pretéritas y más caballerosas. ¿También sabía algo aquel hombre mayor, aquel embajador que me animaba a emprender el viaje y dar conciertos?... Nos escrutamos con atención.

—En Florencia tengo algunos amigos —dijo con modestia—. Yo también soy de Toscana —aclaró casi en tono de disculpa. Sí, yo sabía que era toscano: pertenecía a una de las familias más ilustres y el nombre de sus antepasados aparecía incluso en los versos de la *Divina Comedia*—. Si acepta partir, mis amigos y yo nos encargaremos de que no se sienta solo.

Todo aquello sonaba a cortesía, pero en aquel momento ninguno de los dos imaginaba lo mucho que yo, en virtud de aquella promesa, necesitaría que sus amigos se ocuparan de mí para no sentirme solo en Florencia... ¿Qué es lo que de verdad sabe este hombre?, me pregunté. Sus ojos azules y acuosos de anciano reflejaban benevolencia, la amistad de una persona que ya ha visto desde arriba el mundo y la miseria de sus habitantes y observa con vana compasión todo lo humano. Aquel hombre había vivido años en China, en América, en las grandes metrópolis occidentales, representando a su país, y entre las amplias perspectivas había aprendido a respetar lo pequeño, lo humano, todas sus debilidades, miserias y torpezas... En su mirada no había rastro de ironía o soberbia. Entendí que sabía algo, quizá más que otros, y comprendí también que lo hacía por mi bien, que pretendía algo más de aquello que me exhortaba a hacer.

Le pedí tiempo para pensarlo. Hablé con E. y su marido y aquella conversación —lo sentimos los tres— fue definitiva. Pasados tres días, fui a ver al embajador para aceptar y agradecerle la invitación. Dos días después un funcionario de la embajada me trajo a casa el pasaporte repleto de visados, el pasaje del coche-cama y todo lo que pudiera necesitar durante mi estancia en Florencia: un cheque para un banco italiano, los honorarios anticipados del concierto y una carta de recomendación del propio embajador. A finales de septiembre, el mismo día en que el diario que compré en la estación informaba de la caída de Varsovia, subí al rápido de Roma para iniciar mi viaje a Florencia. Era una plácida noche otoñal, con un aire tibio y fragante. Desde Florencia tenía pensado viajar a Verona y luego pasar unos días a orillas del lago Garda. Sentado junto a la ventanilla, contemplé el Danubio mientras cruzábamos el puente del ferrocarril. Al cabo de tres semanas estaría de vuelta, pensé.

El viaje resultó placentero, sin ruidos molestos ni obstáculos; como si unas manos gigantescas me protegieran de todo peligro y contratiempo. Como si el ciudadano de un estado neutral viajara por otros estados neutrales, de momento a salvo de las pavesas de la guerra... El provecto personal del tren internacional atendía a los pasajeros del coche-cama con la solicitud y cortesía de los tiempos de paz; el revisor nos pidió los pasaportes, nos deseó buenas noches y nos tranquilizó diciendo que en la frontera yugoslava ni los aduaneros ni los guardias molestarían a los pasajeros que en ese momento durmieran... Cuando pasamos junto al lago Balatón, confié al revisor mi compartimiento y equipaje y fui al coche-restaurante. Todo en aquel hermoso tren me resultaba familiar, todo me acogía con la despreocupación y opulencia de los años de paz: el menú que ofrecía manjares sabrosos y bebidas extranjeras, el discreto garbo del personal, la comodidad de los grandes vagones Pullman de suave vaivén. Aquel tren aún pasaba por los paisajes de la paz, lejos de todo lo que llaman guerra y que en aquellos días más bien parecía una pesadilla lejana, incomprensible e inverosímil. Me senté a una estrecha mesa, pedí una pequeña botella de vino tinto francés, me quité los guantes, encendí un cigarrillo americano —en aquella época mis amigos diplomáticos aún me colmaban con rarezas de este tipo—, dejé sobre la mesa los periódicos y revistas comprados en la estación y me sumí en la sensación agradable y familiar que acompaña una de las experiencias más agradables de la vida: el viaje, mejor dicho, el salir de viaje; como si en aquellos momentos los contratos escritos y no escritos que regulaban mi vida y mi trabajo, mis relaciones personales y sociales hubieran perdido toda validez. Salir de viaje había sido en la década anterior mi experiencia más pura y sustanciosa. Pero en aquellos años, los hijos de aquel período histórico ¿habíamos podido viajar sin mala conciencia y sin secretas angustias?... Todos los que en el período de entreguerras subían a un tren, un barco o un avión sentían el temor de que tal vez se tratara de uno de sus últimos viajes libres y despreocupados. Aquel mundo lleno de malas noticias y pánico en el que llevábamos dos decenios no nos permitía evadirnos por completo aunque saliéramos de viaje. Goethe aún viajaba por la experiencia de encontrar un noble botín, pensé; en cambio, nosotros, que no somos Goethe y que vivimos en una época donde ya no hay puntos de referencia, viajamos como aquel que en el último instante trata de hacer lo imposible por escapar de la cuarentena del destino... Escapar, pero ¿adónde? Todo el mundo se doblegaba y temblaba bajo la dura ley de un mismo destino: eso ya lo sabíamos desde que se habían encendido las llamas de la Gran Guerra. Viajaba, pero esa maravillosa experiencia que antes me había consolado por todo lo que parecía injusto e insoportable en mi vida, ahora no me proporcionaba una satisfacción arrebatadora. Leía los titulares de los periódicos, saboreaba el cigarrillo americano y el aroma ácido y dulzón del vino francés, mientras el tren avanzaba con un rumor amortiguado por la oscura noche entre paisajes conocidos; por la mañana estaría en Trieste, hacia mediodía en Florencia, la noche siguiente me presentaría en una hermosa sala ante un devoto público de entendidos, al que trataría de seducir con el piano y contarles lo que era la música para mí... Tenía motivos suficientes para agradecer mi buena suerte. Ya no era joven, pero me sentía saludable; unas semanas atrás había padecido unos malestares pasajeros, migrañas y una especie de agotamiento que afectaba mi trabajo, pero era cierto que últimamente me absorbían mucho mis obligaciones y tal vez también otras cosas... Fue una sabia disposición del destino hacer aquel viaje precisamente entonces. Viajar es renacer, olvidarse de las responsabilidades, evadirse, encontrarse con las imágenes perdidas de la juventud. El embajador tenía razón, ése era el momento apropiado para irme de viaje, y sin duda no había mejor destino que Florencia, la ciudad cuyo nombre nunca podía pronunciar sin sentir el arrebato y la felicidad que sólo el recuerdo de ciertas piezas musicales era capaz de evocar en mí. Unas horas más y, gracias al perfecto funcionamiento del mecanismo de la civilización, volvería a estar a orillas del Arno, viendo las colinas y las torres de las iglesias, los tejados y las estrechas calles, donde todo aquello que me atraía convergía en una abundancia deslumbrante: la belleza, la armonía eterna de las fuerzas creadoras que en forma de piedras, líneas, tonos y colores se había integrado en una obra maestra que se elevaba sobre la miseria terrenal. Pensaba en Florencia como si pensara en un amor juvenil que hace palpitar un corazón adulto. Pronunciaba su nombre en voz baja y sentía por todo el cuerpo el flujo del placer más noble y desinteresado, la felicidad de no exigirle nada a la persona amada, tan sólo amarla y admirarla. Y de pronto me acordé de E. y de todo lo que había dejado atrás. Empecé a hojear los periódicos.

Varsovia había caído. Qué cerca de mi alma sentí a los polacos, un pueblo con un destino obstinado e implacable, el de ser destruido de tiempo en tiempo. Y ése era el verdadero sentido de su suerte: ¡con qué fiera energía, con qué tenaz exuberancia renacían siempre de sus terribles desgracias! Acaso ya habrían desaparecido si un destino más pacífico les hubiera permitido una existencia más holgada y menos peligrosa, tal vez se hubieran autodestruido por entregarse a lo propiamente polaco de su carácter, la informalidad y la ligereza. Pero así, entre grandes pueblos tiránicos, los conservó unidos la aspereza de su destino histórico, sucumbieron y se recuperaron una y otra vez, siempre a su manera, de una forma genuinamente polaca, con excesos pero al mismo tiempo con solidaridad y empatía. Se trata de un pueblo vinculado directa e íntimamente a la música. En eso pensé cuando los titulares del periódico vespertino anunciaban a grandes voces la caída de Varsovia; y luego en Chopin. ¿Qué podía hacer por los polacos?... Yo sólo podía dirigirme al mundo con el lenguaje de la música, y ahora, cuando en el mundo resonaba el eco de la agonía de una nación herida de muerte, no podía hacer otra cosa que interpretar en una sala de conciertos europea la voz más noble con que ese pueblo se había dirigido a la humanidad: haría revivir la voz de Chopin. Que otros hablaran de política; en el momento que las tropas alemanas se echaban sobre el cuerpo de un pueblo, yo en Florencia interpretaría el estudio para arpa *Alegro sostenido*. Y los otros once estudios de la *Opus 25*. Eso es todo lo que podía hacer. Y después de Chopin, en la misma sala de conciertos también se escucharía al otro pueblo que ha legado una música excelsa al mundo, con la voz de Beethoven. La sonata *Appassionata* sería la mejor respuesta a todo en un momento en que resonaban los cañones alemanes y polacos. Porque algo tenía que hacer; el artista no puede permanecer impasible cuando dos pueblos se entrelazan en un abrazo mortal. Que se dejen oír estas dos almas en una sala de conciertos europea, pensé; dos almas contrapuestas, dos mundos distintos, cuyo mensaje sin embargo es definitivamente el mismo... ¿Y si me piden un bis? ¿Evoco a Chaikovski, para darle plenitud al momento histórico? ¿Que suene también el ruso cuando el polaco y el alemán con su fuerza musical imponen la armonía que los instintos terrenales niegan con tanta fuerza?... En aquel momento, en el tren que me llevaba a Italia la noche que cayó Varsovia, lo pensé en serio. Sabía que el *phatos* con que organizaba mi programa era más que un simple juego de ideas. Era una especie de servicio, el embajador estaba en lo cierto. Interpretaré música polaca, alemana y rusa en un mundo que ya no quiere escuchar más que sus propios gritos de agonía, me dije. Doblé los periódicos y pagué la cuenta.

En el coche-restaurante me reconocieron. Hacía mucho tiempo que aquel detalle ya no me complacía. Uno viaja por el mundo saboreando la fama hasta que un día se harta de esa dudosa popularidad y ya no quiere volver a saber de ella. Volví deprisa al coche-cama y me encerré en el compartimiento. La guerra estaba lejos, la noche era cálida y apacible. El tren se detuvo, oí voces extrañas, palabras eslavas. Habíamos llegado a la frontera. Apagué la luz y me dormí enseguida.

Me despertó una voz. Consulté el reloj a la tenue luz del diminuto foco empotrado en el tabique de la cabina: las cuatro de la madrugada. El tren atravesaba un puente o viaducto, las ruedas traqueteaban con espectacular fuerza sobre el abismo. Luego llegó a un terraplén suave y el ruido se amortiguó; a través de los raíles uno sentía la tierra mórbida y compacta. Ya íbamos en dirección a la frontera italiana. Tres o cuatro horas más y estaríamos en Trieste; subiría la cortinilla de la ventana y vería el mar. Llevaba ya un año sin ver el mar. Sentí una profunda tristeza. Me incorporé en la estrecha cama y alargué la mano en busca de los cigarrillos y el mechero.

Fue en ese instante cuando empezó. ¿Qué empezó? ¿La enfermedad? ¿O tal vez también otra cosa?... En los meses siguientes reviví muchas veces aquel instante. Me esforcé en desentrañarlo como si fuera un hallazgo frágil, una unidad diminuta, una especie de átomo que encierra la explicación de todo lo que integra la vida: algún elemento independiente, de minúsculas dimensiones, con un contenido material, espiritual y energético. Ése fue el instante en que «se inició», cuando mi vida se separó de todo lo que hasta entonces la había condicionado y dado sentido. De súbito algo había muerto en mi interior y yo mismo volvía a renacer, diría que había muerto para la vida y renacía para la muerte. ¿Si me dolió algo en aquel instante? No recuerdo ningún dolor. ¿Si sentí miedo o excitación? No sentí nada. Estaba tranquilo. Pero al mismo tiempo supe con una lucidez clara y cruel que «se había iniciado», como cuando en medio de una desgracia terrenal, en medio del peligro, uno siente los temidos síntomas. Me palpé la muñeca para tomarme el pulso: el corazón me latía sereno y acompasado. Bien, ha sucedido, pensé, y me tumbé en la cama.

El tren subía por los valles del Carso. «Pues si ha sucedido, no hay nada que hacer —pensé a continuación—, sólo soportarlo. ¿Cómo será?... ¿Doloroso? ¿Triste? ¿Alarmante? ¿Ruidoso?...» No logré imaginar ninguna de las posibilidades, y al mismo tiempo pensé con objetividad que no tenía ni idea de lo que había «sucedido».... ¿La muerte? Me sentía sano como un roble. El cigarrillo me sabía bien. A mediodía llegaría a Florencia. Antes del concierto iría a dar un paseo por las orillas del Arno, caminaría hasta Cascine. No, mejor cruzar el ponte Vecchio, contemplar los tenderetes de los plateros, saludar la estatua del maestro Cellini... O mejor aún, pasear por la via Tornabuoni, tomar un vermú en Giacosa, contemplar las bellas mujeres florentinas y los corrillos de hombres elegantes. Todo ello sería maravilloso; poco a poco dejaría que Florencia ejerciera su efecto sobre mí, con un placer inteligente, distinto al del primer encuentro, cuando me lancé sobre su maravilloso cuerpo con el deseo ávido y egoísta de un amante. Volver a ver y poseer algo supone un placer más profundo que descubrirlo y conquistarlo. Ahora Florencia se me entregaría con la impudicia orgullosa y consciente de una amante conocida que se despoja del velo sin temor y sin excusas... Y luego pensé lo siguiente. ¿Lo pensé? No; lo supe. Lo supe con todo el cuerpo, desde la coronilla hasta los dedos de los pies: ¡qué pena que hubiera sucedido precisamente entonces! «Pero, por el amor de Dios, ¿sucedido qué?» Y me respondí con absoluta certeza: desde ese instante todo sería distinto. «Entiéndelo —le contesté a aquella voz—, ahora que ha sucedido, todo será distinto: la música, mi relación con la música, mi relación con el mundo y con mi cuerpo, con la gente a la que he amado...» «¿También con E.?» «Sí, también con E.», contesté con tranquilidad. Y la voz que me hablaba no sabía de dónde, si desde mi cuerpo o desde el universo a través del traqueteo del tren y los ruidos del mundo, me preguntó con fría y lúcida resolución: «¿Quieres realmente a esa mujer? ¿No se trata en realidad de una relación artificial, vanidosa, y ahora te limitas a huir de ella? ¿Cómo puede amar un hombre a una mujer que nunca le ha entregado su cuerpo? ¿Con qué juego perverso te ha entretenido en los últimos años? Ha sido un juego insensato y morboso, y seguramente necesitabas dejar esa relación desesperada, huir y refugiarte en la música.» La voz preguntaba —podría haber transcrito su tonalidad sobre el pentagrama—, y yo le respondí: «Ya lo sé, pero E. no es una amante común.» La voz repuso irritada: «Déjate de eufemismos... Que no es una amante común, ¡qué tonterías son ésas! Di simplemente la verdad: es frígida. Sé que es un término odioso, que evoca laboratorios químicos con olor a desinfectante y formol, pero todo lo que vosotros, el marido y tú, explicabais de una forma tan delicada y pomposa, en realidad no es más que un vulgar caso clínico, y nada excepcional. El mundo está lleno de mujeres así, y tampoco puede decirse que esa insensibilidad, esa frialdad, esa sordera carnal que puede llegar a convertirse en una verdadera aversión, en una repulsión morbosa en el cuerpo y el alma, sólo afecte a mujeres ricas, mimadas y aburridas de las clases acomodadas. También hay muchas infelices entre las pobres y las miserables. No sólo es frígida la esposa del banquero, también lo es la del portero y la del jornalero, que vive una inconmensurable miseria de sentimientos y de medios, madre de cinco hijos en una civilización cuyo orden social acabará por matar toda espontaneidad en el sistema nervioso... Pero tú ya sabes todo esto, lo sabe tu mente. ¿Por qué no te atreves a que lo sepa también tu corazón?» Reflexioné un momento y contesté: «Porque la amo.» La voz estalló: «¡No es cierto! Más bien te has ofendido porque ese cuerpo no respondió a tu reclamo, como tampoco al de su marido ni al de todos los que se le han acercado con deseo... Una muñeca hermosa, fría y sonriente, rodeada de libros y éxitos sociales... ¡qué aburrimiento! Tú nunca la has amado. Herido en tu orgullo, asumiste un papel, el del amigo desinteresado, porque no pudiste ser su amante... Fingiste, ante ti mismo y ante ella, que entre vosotros había algo más noble, más sublime de lo que suele haber entre un hombre y una mujer. Mientes, cobarde. Ha sido tu vanidad lo que te atrapó en esa telaraña de seda.» Eso dijo la voz. Callé. Tenía la mirada fija en la redecilla del equipaje; la etiqueta de mi maleta se balanceaba con el vaivén monótono de un péndulo, y yo lo miraba. «Sí —admití en voz baja, dócil—, hay algo de verdad en todo eso. Es cierto que ella está enferma. Y sin embargo, he sido la única persona en su vida que ha logrado penetrar los tejidos de esa maravillosa belleza fría y enferma, despertar impulsos en ese sistema nervioso muerto, encender en ese cuerpo una llama de emociones, sentimientos, inquietud, una especie de vida... Eso también es verdad. Y ese poder me ha atado a ella como el médico se ata a un paciente al que sólo él es capaz de curar y mantener con vida.» La voz respondió con impaciencia: «¡Cuentos chinos! Un hombre sólo puede influir sobre una mujer de una única forma: a través de sus sentidos, con la fuerza de su cuerpo y su alma. Y una mujer debe aceptar ese deseo y esa voluntad, aceptarla en cuerpo y alma, con humildad; de lo contrario hay que dejarla.» Me encogí de hombros. «Pero si en realidad la he dejado —contesté—. Ya ves, me voy de viaje. No la veré durante tres semanas y a finales del otoño ellos se irán a Grecia. Quizá nunca vuelva a verla.» La voz no respondió, pero yo igual proseguí. «Sabes que la música la conmueve. Es la única fuerza terrenal que la afecta en realidad. Por eso fui capaz de darle algo a esa infeliz: le di la música. Algunos hombres aman con el cuerpo, otros con el dinero o con el intelecto. Yo la amo con la música.» La voz no supo qué contestar; calló como si aceptara mi explicación a regañadientes. «En nuestra relación, la música ha constituido un vínculo más estrecho que cualquier vínculo erótico y carnal. Tú que entiendes de todo, y me hablas desde la otra orilla, seguramente sabes qué fuerza tan inmensa posee la música. Tiene más fuerza que el beso, que la palabra, que el tacto. Lo que uno ya es incapaz de contar con el cuerpo y el espíritu, termina contándolo con la música. Yo he sido la única persona que ha sabido hablarle a ese cuerpo precioso y enfermo... ¿Acaso no lo sabías? Le hablaba con la ayuda de la música.» Con tono quedo y conciliador, la voz repuso: «Es verdad, la música tiene una fuerza impresionante. Pero esa fuerza no debe utilizarse para fines vulgares. Prometeo fue castigado por robar el fuego de los dioses. Con la música no se debe cortejar a una dama, ni hacer el amor con ella. La música es un lazo impersonal entre el hombre y el universo, un vínculo inmaterial. ¿Qué te has creído?... Lo que te ha sucedido es muy frívolo. Ha sido una empresa morbosa, olvídala. Además, de ahora en adelante todo será distinto. ¿Lo sabes ya?» Contesté con modestia: «Sí, ya lo sé. Lo sé desde hace unos minutos... ¿Cómo será?», añadí con curiosidad. Y la voz, tras una larga pausa, como si se fuese alejando, contestó en voz baja: «Será distinto.»

Siguió un profundo silencio. Cerré los ojos y escuché el traqueteo del vagón. En ningún momento había dudado —ni entonces ni más tarde— que me hablaba una voz real, que incluso podría haberla grabado. Sabía que no era Dios —Él nunca habla con palabras—, sino una personalidad incorpórea. Tal vez un ángel, pero como no podemos conocer la naturaleza de esas criaturas, ni siquiera me esforcé en aclarar quién me hablaba... Seguí tumbado en la cama y por los bordes de la cortinilla se filtraba la luz del alba. Reinaba un silencio maravilloso en el compartimiento, dentro de mí, en mi corazón, en mi alma. Silencio y una especie de serenidad... como cuando uno se reconcilia con el mundo. Transcurrió mucho tiempo, tal vez horas. Ya no tenía que hacer nada porque, ajeno a mi voluntad, se había iniciado algo que antes no había existido; mi cuerpo se había imbuido de esa certeza. ¿Y cómo era esa sensación? Ni buena ni mala. Me había golpeado de repente, como cuando uno pasea por la calle silbando y de pronto le arrean un cachiporrazo en la nuca: no me dio tiempo a sentir miedo ni a asombrarme. El cambio estaba allí, ¿qué podía hacer? Podía vestirme y afeitarme. Moví las manos como para asegurarme de que aún conservaba mis capacidades. Las manos se movieron obedientes. (Tres semanas más tarde ya no lo harían con la misma obediencia.) ¿Qué puede hacer uno si su vida se parte en dos, como si en un desprendimiento de tierra se abriera el suelo y separara en dos un placentero hogar familiar? No puede hacer nada. Se tumba en la tierra o en el pavimento, como yo sobre la cama, contemplativo, a la espera de algo. Luego se incorpora, trata de encontrar su sitio en la nueva realidad. Me acerqué a la ventanilla y subí la cortinilla. El tren pasaba por lo alto de una colina, ya muy cerca de Trieste. Abajo se veía el faro y el mar. A la luz del sol, el mar vibraba blanco y terso; tan suave, claro e hinchado como la panza de una ballena encallada. Bajé la ventanilla y recibí la fragancia del amanecer, el aroma cálido y suave del mar de septiembre. Me asomé y dejé que la luz y el calor bañaran mi rostro.

Ya no oía aquella voz, del mismo modo que nunca la había oído antes ni volvería a oírla en los difíciles años venideros. No sé si la oiré de nuevo alguna vez. No era mi voz, eso puedo asegurarlo. Tampoco era «la voz de la conciencia». No era una voz conocida —al fin y al cabo, algo entiendo de voces y tonos—, y tampoco sé si era humana o de otra naturaleza. Sólo sabía que alguien me había hablado. Tampoco puedo asegurar que fuera un ángel, porque no sé si existen los ángeles. Tal vez sólo sean una invención humana. Y de existir ¿le hablarían al hombre? Es posible que todo lo que dicen los hombres sobre los ángeles sea fruto de su imaginación. Yo nunca me he encontrado con ningún ángel. Así que me quedé de pie ante la ventanilla y, como nada podía saber sobre Dios y sobre los ángeles, dejé que el viento tibio, con sabor a sal y yodo, me bañara el rostro. Me dije que algo había sucedido aquella noche, que algo había llegado a comprender —no con la mente, sino con el cuerpo—, que algo se había iniciado. Y así me quedé hasta que llegamos a Trieste y el revisor llamó a la puerta del compartimiento.

• • •

Lloviznaba sobre Florencia. En la estación me esperaban dos señores, el director del palazzo Pitti —el concierto se celebraría en su sala Blanca— y un funcionario municipal. Como era un invitado oficial, me recibieron con atenta cortesía. Me llevaron a la ciudad en un gran automóvil: por las ventanillas abiertas entraban gotas de lluvia y un viento cálido. Pasamos junto a jardines que rezumaban aroma a laureles y aloes rociados de lluvia. Los policías, al oír el claxon del coche oficial, se apresuraban a abrirnos paso en todos los cruces; el vehículo avanzaba por las estrechas calles sin detenerse. En ese corto trayecto no vi nada de Florencia. Iba contestando a las afables preguntas de mis acompañantes y sentía la emoción del colegial instantes antes de una cita romántica. Allí estaba Florencia, muy cerca; enseguida la vería, absorbería su fragancia. En aquella zona se encontraba el jardín de Boboli, y enfrente el palazzo Pitti, donde por la tarde conciliaría por una hora a polacos, alemanes y rusos... Saber que Florencia estaba tan cerca de mí, poder verla y palparla, me llenaba de una felicidad y una emoción indescriptibles. Pronto me despediría de mis acompañantes y podría escaparme del hotel para acudir al jubiloso encuentro con la ciudad. Caminaría por las estrechas calles, llegaría a la catedral, cruzaría el puente de la Trinidad, vería la suave colina de San Miniato. ¿Tendría tiempo para alquilar un coche y pasar media hora escasa en Fiesole antes del concierto? Seguramente sí. Contestaba distraído a las preguntas de los dos hombres; el funcionario municipal decía algo sobre la guerra, quería conocer noticias del extranjero, pero para mí la guerra estaba muy lejos, y Florencia estaba allí, muy cerca. ¿Había sentido alguna vez en otras ciudades aquel mismo placer sensual por el encuentro? Sí, una vez en París, de joven. Llegamos al hotel.

Si bien en el corto trayecto no había visto nada de la ciudad, más tarde tampoco lo vería, durante los meses que pasaría allí: la ventana de la habitación de hospital daba a un muro cortafuegos que se obstinaba en ocultarme Florencia. De momento, en el vestíbulo me esperaba otra ceremoniosa comitiva: un caballero uniformado, dirigente de la organización fascista local, con condecoraciones e insignias sobre el pecho, varios funcionarios y periodistas, y el director del hotel, con una formalidad aduladora, pomposa, de etiqueta. Salimos del ascensor en la primera planta y, siguiendo determinado orden, nos transformamos en una especie de cortejo solemne que avanzó silencioso en dirección a una habitación, por las mullidas alfombras que cubrían el pasillo. En el pequeño salón, una de las estancias profusamente decoradas de la suite que me habían asignado, los camareros sirvieron vermú y un tentempié, al tiempo que personas invisibles disponían mi equipaje en el vestidor contiguo. Las ventanas del salón daban a la orilla del Arno y ahora, por un instante, sí vi algo de Florencia. Me acerqué y miré el río, pero enseguida alguien me habló, un prohombre calvo que me saludó con voz apagada y extrema amabilidad. Tuve que responderle. Destelló la luz de magnesio: nos fotografiaban. El jefe de la organización fascista local —un caballero gordo y de aspecto respetable que llevaba camisa negra y botas de charol, una indumentaria agresiva y algo teatral que contrastaba con su rostro regordete de abuelo— pronunció unas palabras oficiales sobre la fuerza mágica de nuestros dos países, que tendían un puente sobre todo abismo y disensión terrenal... Los periodistas lo anotaban todo. Cuando acabó, todos comprendimos que ya nada teníamos que decirnos. Durante unos momentos nos miramos turbados e intercambiamos comentarios triviales sobre el tiempo, el viaje, la música y la guerra.

—Entonces, hasta esta noche —dijo por fin el caballero obeso, y se puso en pie. Me estrechó la mano—. El maestro seguramente desea descansar.

Y cuando protesté sin convicción, se despidieron alzando el brazo y en el siguiente instante ya me encontraba solo en el salón.

Tengo recuerdos turbios sobre las siguientes horas. Hay algo elemental en el brote de una enfermedad grave, como en todo aquello que dispone la naturaleza. Es realmente un «brote», como cuando una persona se lanza a hablar o actuar con pasión, cuando un río se desborda o un volcán se abre para arrojar fuego y perdición. Mis anfitriones se habían ido, pero yo ya no tenía fuerzas para volver a la ventana y disfrutar de la belleza que ofrecen las vistas de Florencia al visitante entusiasta... Me quedé solo en medio del salón, inmóvil durante un buen rato. Igual que cuando alguien queda solo, infinitamente solo en el universo: aún no entiende exactamente qué le ha pasado —si le ha caído una bomba, si se ha derrumbado el techo, si ha habido un terremoto o si lo han atacado, disparado o apuñalado—, sólo comprende que en ese instante los demás están en otra parte, en algún lugar de la otra orilla, y él se ha quedado solo. Así fue como me quedé yo en la primera hora de mi estancia en Florencia, aquella ciudad tan acogedora y hospitalaria. Solo en la ciudad a la que había anhelado llegar con todo mi corazón, en una magnífica suite que en ese instante era mi domicilio, donde sólo tenía que pulsar el timbre para que una ciudad grande, rica y amigable se rindiera a mis pies; sólo debía pronunciar una palabra para que me trajeran en avión al mejor médico que, tal vez, pudiera ayudarme. (En efecto, unos días más tarde, a solicitud de la organización local del partido y por orden de los altos círculos de Roma, me enviaron por vía aérea desde Nápoles un médico de renombre internacional, especialista en la enfermedad que me aquejaba.) Sabía que estaba entre personas que acudirían en mi ayuda con la solicitud que nace de pertenecer a la misma cultura… pero al mismo tiempo también sabía que en toda Europa, y en concreto en una de las ciudades más cultas del mundo, no había nadie que pudiera ayudarme. Y más allá de todo eso, sabía que me había quedado solo, tan solo como si la humanidad me hubiera dejado olvidado en medio de un desierto; algo así deben de sentir los exploradores polares al ver alejarse el avión enviado en su búsqueda y que, no obstante, pasa ciego e indiferente por encima. Se acaba todo. Cuentan las reservas que tienen: tal cantidad de fuerza, de comida, de ganas de vivir y de combustible. ¿Y después?... ¿Qué habrá después? Me acordé de la voz de la noche anterior y que, ya alejándose, me había dicho con indiferencia: «Será distinto.»

Me concentré en eso «distinto» y fui al dormitorio. Allí me esperaba una confortable cama, pero no tuve fuerzas para desvestirme. Me eché vestido sobre una otomana. Las paredes estaban revestidas de seda amarilla y sobre la cama colgaba una copia en yeso de un bajorrelieve de Luca della Robbia: un fragmento del coro de niños cantores. Seis chiquillos regordetes, desnudos y envueltos en ligeros velos, me lanzaban risas desde sus cuerpos carnosos y mullidos, que reverdecían con fresca sensualidad y exuberancia explícita, y por sus labios abiertos escapaba una melodía imperceptible, pero a la vez sonora y misteriosa, como si el artista hubiera plasmado el instante del nacimiento de la voz, grabando en una materia sólida el enigmático momento en que la melodía y la armonía abandonan las fibras del cuerpo humano para difundirse por el mundo... Observé la reproducción con interés. Sí, así había nacido la Voz: el hombre miró al cielo y dijo algo, inconscientemente, algo que ya no era capaz de expresar con palabras. Contemplé aquel bajorrelieve que representaba el misterio de la armonía musical emergente de cuerpos infantiles y, como si de pronto entendiera la causa de todos los asuntos humanos, una profunda serenidad interior me embargó. Comprendí que el único sentido de mi vida había sido servir a esa sutil armonía, y que ya todo estaba en orden y en su sitio, porque había cumplido mi deber, había servido a la música con fidelidad, voluntariamente nunca había pecado contra la armonía, y con todas las fuerzas del cuerpo y la mente, de la razón y la voluntad, había expresado lo que la música quería transmitir. «Pues entonces todo está bien», pensé, y cerré los ojos como aquel que, tras resolver un grave problema o responder a una cuestión crucial, concilia el sueño, agotado. ¿Qué otra cosa podría haber hecho? Ninguna, me contesté, ninguna otra cosa podría haber hecho en el curso de mi existencia. No podía permitirme ser débil, negligente, superficial o cobarde en el momento de comprender y expresar la música: para eso estaba en el mundo. La carrera, el servicio, las prácticas, todo ello sólo podía soportarlo porque mi deber era lograr que el mundo se volviera sensible a la música, y de vez en cuando tenía que interpretar lo que en el alma de Mozart, Bach, Gluck, Chopin y Beethoven había madurado hasta convertirse en música. Era muy sencillo... ¿Y ahora? Ahora empezaba lo «distinto». Me parecía haber llegado al fin del camino. Como quien se desangra y sabe que nadie puede ayudarlo. No duele nada. Todo ocurre con una maravillosa sencillez, de una forma muy distinta de lo que puede imaginarse en las horas pusilánimes del temor y la angustia. No me dolía nada y tampoco temía nada. Si me lo hubiera propuesto, me habría levantado de la otomana, el teléfono estaba allí cerca, y llamado a mi casa, a mis amigos, para pedir ayuda... pero ¿quién podría ayudarme? ¿Un médico? Estaba seguro de que no. ¿Y si llamaba a E. o a su marido? Pero ellos aún estaban en la otra orilla, en la orilla que yo acababa de abandonar. Entonces, ¿a mis amigos? No tenía amigos; un artista no tiene a nadie, porque no puede compartir: toda su atención y toda la fuerza de sus sentimientos se concentran indivisiblemente en la única tarea para la cual ha sido elegido. No podía hacer nada, tenía que permanecer callado. Y tal vez aquella situación no fuera mala, una impotencia inerte, de la que ninguna fuerza humana sería capaz de sacarme: por fin podría descansar. ¿Se trataba, en efecto, del descanso final? Todo dependía de si tenía alguna deuda pendiente con alguien o algo. Porque se vive, se trabaja y se influye en el mundo sólo mientras se tiene una deuda con alguien o algo. Yo había sido un buen servidor, pero me había sentido como perdido en una profunda oscuridad, y ahora, por fin, me parecía ver una luz a lo lejos. Como si al fin hubiera llegado al punto desde donde podría divisar la meta, esperar una explicación... ¿Había sido un buen servidor? Sí, había servido al mundo con fidelidad. Me había acercado todo lo posible a la esencia de la música, había aferrado con mano cada vez más firme aquel fenómeno espiritual tan extraño, indómito e irrefrenable; tenía cada vez mayor destreza, mayor profesionalidad, cada año tenía el oído más fino y las manos más seguras. Modestia aparte, me encontraba casi al final del perfeccionamiento. Poca gente en el mundo ha sabido captar y expresar con mayor seguridad, virtuosismo y disciplina lo que puede captarse y expresarse con la música... Y de pronto me había extraviado. Un escalofrío me recorrió el cuerpo. Tumbado e inmóvil, sentí las oleadas de esa conciencia depurada, como si me encontrase en un desierto helado y ni siquiera tuviera ganas de moverme, y de súbito viese y comprendiese todo: el camino que me había llevado hasta allí, la voluntad que me había hecho optar por el mismo. No me estremecí, no; sólo observaba aterido, sin moverme. Me había extraviado precisamente en el camino por donde avanzaba con firmeza y seguro de mí mismo. Porque ya lo sabía todo acerca de la música, conocía toda técnica y todo artificio... pero el sentido de la música, lo que no es destreza sino emoción, se había escapado de mi vida. Entonces lo comprendí. ¿Cuándo se había perdido? No supe contestar a esa pregunta. Me había extraviado de la música en los ejercicios, en el ansia de perfeccionamiento, en la atención escrupulosa a los detalles: sí, había muy poca gente que, como yo, se dedicara a la música con tanta imparcial fidelidad, que sirviera a la música con tanto sacrificio físico y espiritual. Sin embargo había perdido su esencia divina, su suprema vibración. Llevaba veinte, treinta, no, cuarenta años practicando tres o cuatro horas al día. Música todos los días desde hacía cuarenta años, concienzudamente, todos los días haciendo ejercicios de digitación, todos los días entendiendo un poco más el significado real de un movimiento; y al mismo tiempo conservando la objetividad: nunca exaltarse cuando suena un *forte* y nunca ponerse sentimental cuando gime un *piano*... Cuarenta años tallando, perfeccionando algo en la estructura espiritual de la música, para después extraviarme en la perfección... Pero ¿no es el servicio al detalle lo máximo que existe? El mundo ignora lo que cuesta este servicio. Tienen razón los que juzgan con severidad la ingratitud del mundo, tiene razón el sabio que advierte que el turista deslumbrado por el templo de Palas Atenea se limita a admirar las columnas dóricas del Partenón y, entre millones, sólo uno se toma la molestia de pedir una escalera de mano y subir a lo alto para examinar el friso del templo, la perfección de sus figuras secundarias, en las que Fidias incorporó todos los secretos de su arte, al igual que lo hizo en la teatralidad natural y convincente de la solemne estatua de la diosa. El arte siempre es el arte del detalle. Bach no es sólo el todo que te conmueve y te llega hasta la médula, sino también la estructura perfecta y minuciosa de los minúsculos elementos que componen una fuga... Yo me había dedicado a servir a los detalles. ¿Podía haber hecho otra cosa? Pero de esa manera la «vivencia», que siempre parece manifestarse entre truenos divinos y efluvios celestiales, sólo podía ser una visión y una realidad para los demás si yo, el intermediario, el médium, renunciaba a sentirla y me ponía al servicio del detalle. Pasaron años y décadas dedicadas a este perfeccionamiento... mientras yo me iba quedando cada vez más pobre. Tuve que sacrificarlo todo por el detalle. Porque no sólo tocaba el piano yo, sino también mis manos y mi cuerpo, cuya postura tenía que educar igual que el jinete disciplina su cuerpo para cohesionar al máximo sus fuerzas y evitar que en el momento del gran salto el caballo lo lance por tierra. Las manos, el cuerpo, el estilo de vida —llevaba décadas probando una copa de vino con remordimiento, ya que sabía que al día siguiente tendría que pagar un precio por ello, luchar un cuarto de hora más para domar al monstruo negro, el piano—, así como todas las atracciones del mundo, todas las posibilidades, no eran más que accesorios para aquel servicio.

A veces llegaba a tocar Bach o Chopin de una forma aceptable... ¿aceptable? La sala aplaudía, los críticos me elogiaban. Pero todo eso era un malentendido. Porque yo era la única persona que sabía lo que aún le debía al detalle, para lo que todavía no tenía bastante fuerza, disciplina y sacrificio... no, eso sólo lo sabía yo. No hay camino más desesperado que el que conduce hacia la perfección; con cada paso se abren distancias nuevas e inescrutables. Uno se horroriza ante estas perspectivas, pero sabe que no debe echarse atrás ni descansar, so pena de precipitarse al abismo. Y yo me había precipitado... El placer de la música lo había perdido en algún punto de aquel camino sembrado de peligros y la música ya no me causaba placer, sino que se había convertido en una especie de trabajo forzoso y sobrehumano. Pero ¿no es eso lo que siente todo artista al final del camino? ¿No fue eso mismo lo que experimentó Miguel Ángel al tallar su *Piedad*, que se hallaba allí cerca, en una iglesia de Florencia? Era hora de ponerme en marcha para ver Florencia y la *Piedad*.

Pero seguí inmóvil, como si me hubieran noqueado. «Tal vez venga a verme alguien, un camarero o un periodista —pensé—, y me traiga un vaso de limonada o algún medicamento. Tal vez...» Estaba tranquilo, y todo lo que he anotado aquí fluía en mi conciencia como cuando uno se sienta al piano y toca escalas sin propósito alguno, no quiere interpretar melodías reconocibles y sus dedos se limitan a pulsar las teclas según van viniendo. Y a todo esto me encontraba en Florencia... pero ¿cuál era mi cometido en aquella ciudad? Por la noche tenía que tocar el piano en la sala Blanca del Pitti. Eso era lo que retenía aún de la situación real. Y entonces sucedió algo que contemplé como si hubiera abandonado mi cuerpo y observara el funcionamiento de otro: mi cuerpo comprendió que aún le quedaba una tarea. Recobró la vida —el médico que por la noche asistió al concierto y luego me llevó del hotel al hospital lo comprendió tan poco como yo, que observaba mi propio cuerpo— y, como el soldado herido que en el último instante advierte que todavía no puede cerrar los ojos porque aún no ha cumplido la orden, se incorporó. Aquella disciplina que había sido el contenido concreto más profundo y quizá el único de la mayor parte de mi vida, volvió a revivir una vez más mi cuerpo y mi sistema nervioso: a modo de un reflejo en una materia muerta por la que se hace pasar corriente eléctrica. Mi cuerpo volvió a funcionar, porque por la tarde debía interpretar a Beethoven y Chopin: y los nervios, una vez más, volvieron a ponerlo todo en marcha. Me senté sobre la otomana y pulsé el timbre. Al camarero le pedí un café caliente y zumo de limón. Me acerqué a mi bolso de viaje y saqué una especie de estimulante que tomaba desde hacía unos años en las tardes de mucho cansancio, antes de conciertos o reuniones sociales. Sobre ese compuesto sólo sabía que excitaba la corteza cerebral, y en efecto me producía el efecto de una corriente eléctrica que me recorría el cuerpo. Bebí un café caliente y cargado, tomé el estimulante y luego el zumo de tres limones con varios terrones de azúcar, todo de una forma automática y rutinaria, como un médico que se ocupa de un enfermo grave. Luego cogí el teléfono interior y pedí un barbero. La camarera corrió las cortinas sin hacer ruido y la estancia se llenó de tenues luces artificiales. Florencia desapareció tras las ventanas. El barbero llegó haciendo reverencias y me afeitó en silencio y con esmero, mientras la doncella me preparaba el baño y deshacía mi equipaje. Eran las siete pasadas. Me bañé y me vestí, me puse el frac y ante el espejo del baño me anudé tranquilamente la corbata de lazo blanca; a la potente luz me examiné el rostro. Tenía el cutis blanco, no pálido sino blanco como la tiza. Las manos no me temblaban, realizaban su tarea con disciplina y cumplían las órdenes más minuciosas, lo que me tranquilizó bastante: los dedos, fieles compañeros de armas, no me abandonarían durante unas horas más; tocaría Beethoven y Chopin, como era mi obligación. ¿Qué sucedería después? Pues aquello «distinto». Pero entretanto seguiríamos juntos, mi cuerpo y yo, porque hay algo que tiene más fuerza que mi cuerpo, más fuerza que mi enfermedad, que la pasión y la voluntad del mundo, sí —también ahora siento emoción y humildad al escribirlo—, algo más fuerte que el destino y Dios: la disciplina del artista, la conciencia del demiurgo que no se apaga mientras no haya cumplido la tarea de la creación. Porque éste es el único terreno donde el hombre puede competir con Dios, donde en parte puede equipararse a Él: cuando crea algo a partir de la nada, al igual que hace Dios. Y mientras esta tarea lo mantenga con vida, la enfermedad y la muerte no podrán vencerlo. ¿Cuánto tiempo me quedaba? Tenía que tocar el piano durante hora y media; por tanto, debía vivir hora y media más. Luego me entregaría a las fuerzas que me habían prendido, como el condenado a sus verdugos... En realidad, no me vendría mal descansar. Pero mientras estos dedos fueran capaces de interpretar a Chopin, no tenía derecho a descansar.

Sonó el teléfono. Me esperaban en el vestíbulo. Volví al espejo y miré mi rostro blanco como despidiéndome de alguien. Así era... Estaba enfermo, y no como tantas veces antes, cuando la fatiga o la debilidad me doblegaban como consecuencia de las condiciones meteorológicas o de algún exceso gastronómico. Estaba enfermo de otra forma: como si me hubieran envenenado. La sensación más profunda de toda enfermedad grave es la de envenenamiento; así me lo había explicado alguien... ¿Había bebido o comido algo que me sentara mal? Que yo supiera, no. Esta clase de envenenamiento no sólo lo sienten las víctimas de sustancias descompuestas o químicas; con los mismos síntomas se inicia también la pulmonía, el cáncer, las afecciones cardíacas y otras dolencias: uno siente que ha sufrido un cambio terminante. Recuerdo a un famoso cirujano que en una ocasión dijo que nunca le prestaba tanta atención a un paciente como cuando éste le decía casi con indiferencia: «Doctor, no me pasa nada, pero no me siento bien.» Ese «no me siento bien», dicho con sinceridad y énfasis —y el buen médico distingue con el oído de un músico si el que lloriquea es un hipocondríaco o si se lo dicen con angustia desde lo profundo del alma—, es un síntoma más sospechoso que cualquier otro que pueda detectarse con análisis realizados con máquinas o sustancias químicas. Este sentimiento profundo y elemental de estar envenenado significa el fin. Me acordé de la noche en que hablé de ello con aquel cirujano, en una esquina del salón, entre gente vestida con traje de noche; el famoso médico sonreía de una forma peculiar al hablar y se palpaba el pecho a la altura del corazón. «Es que —dijo con tranquilidad— últimamente yo tampoco me encuentro bien. Pero si fuera al médico no sabría enumerarle los síntomas. No me pasa nada —añadió, y rió con ironía—, simplemente no me siento bien. Bueno, vamos a tomar una copa de champán.» Tres meses después murió del corazón, lo típico entre los cirujanos. «Pues sí, me han envenenado», pensé. Estaba delante del espejo y oía la voz irónica de aquel médico. Pero aguantaré una hora y media más, me dije, y miré al hombre de frac en el espejo. Me puse un abrigo ligero, bajé lentamente por la escalera y salí para interpretar a Chopin y Beethoven en la sala Blanca del palazzo Pitti. En los primeros peldaños de la escalinata ya resonaban en mi oído las notas de la obertura del estudio para arpa.

Del concierto sólo recuerdo un sombrero de mujer de terciopelo rojo y la cara que relucía lozana, rubia y respingona debajo. Era un rostro encantador. El sombrero flotaba en medio de la magnificencia blanca y dorada de la sala, como una viva mancha de color en el cuadro de un pintor francés de principios de siglo, que carece de cualquier sentido temático y sin embargo tiñe de alegría su atmósfera, le da ímpetu a un paisaje o al tedio de un bodegón burgués. Me senté al piano, me incliné sobre el teclado con el torso rígido y en ese instante vi a la mujer del sombrero rojo. Eso me insufló una gran seguridad. El mundo se alejó, todo quedó nebuloso y parecía flotar, pero la mancha roja brillaba como un faro. «No podrá pasarme nada malo —pensé—, da igual lo que me suceda en esta nueva dimensión en que ha entrado mi vida desde hace unas horas: una simple mirada al sombrero rojo y sabré dónde estoy…» En la sala brillaban luces frías y chispeantes. Sentía a la multitud bajo la luz, como tantas otras veces antes, en los instantes en que mil personas se callan a la vez, aguardando la música. Ahora comprenden por qué han comprado las entradas, por qué han salido de sus hogares, por qué se han vestido de negro. El cuello y el escote de las mujeres relucían a la luz fría; mil cuerpos, dominados por una especie de hechizo que conocía de sobra —les llegaba de mí—, esperaban inmóviles que sucediera algo. Como si una serie de ondas emitidas por mi cuerpo rígido, inclinado sobre las teclas, dirigieran la atención y la voluntad de mil personas: así se callaron, con obediencia. No, en las últimas filas aún se movía y susurraba alguien. En la última alguien hablaba en voz baja y luego suspiró. No me moví. Todo eso lo conocía tan bien como se conocen los movimientos automáticos del propio cuerpo. Quiero algo y se me mueve la mano o el pie; quiero algo y mil personas callan casi asustadas, paralizadas, mil personas retienen el aliento. En la sala no había más poder que la música, que subyuga por igual a los oyentes que la esperan y al intérprete que la hace revivir, como sacerdote y fieles en el momento del sacrificio, todos fascinados por la misma fuerza sobrenatural. Porque ése era un instante ritual. No en vano la gente se había puesto sus mejores galas. No en vano brillaba el oro, el mármol, las lámparas de cristal, el aromático laurel. Nos habíamos congregado para celebrar un rito —no era la primera vez que lo sentía, y sabía que el sentimiento que precede a la celebración es lo máximo que la vida puede brindar a la gente—. Esos instantes previos a la primera nota, esa infinita expectación que impregna todos los nervios en la sala, el saber que ese silencio expectante en el que mil personas se olvidan de sí y de sus problemas personales, emanaban de mí: eso era lo máximo que me había dado la vida. La música aún no sonaba, la primera nota aún no había surgido del piano, de aquella bestia negra y enigmática de sensibles nervios metálicos, similar al sistema nervioso del hombre, y sin embargo el rito ya estaba en su plenitud. Esa fuerza, paralela al mundo existente, nos había elevado del mundo cotidiano a la sacralidad ritual. Mi cuerpo se mezclaba en una curiosa simbiosis con mil cuerpos desconocidos: les transmitía algo que aceleraba la circulación de la sangre, unos se ponían pálidos, otros colorados, otros agachaban la cabeza, otros lagrimeaban, algunas manos temblaban. Y yo, como absorbido por ese majestuoso monstruo mitológico, emprendía el vuelo, el piano y yo éramos un mismo cuerpo, como el jinete legendario y su corcel alado. Otros tal vez no conozcan esa maravillosa unión de dos cuerpos distintos, sólo los héroes y los animales mitológicos. Las nubes, el tiempo y el mundo quedaban atrás, un instante más y la música diluiría todo lo que en la tierra es ignavia anquilosada en palabras y objetos. Y yo sabía que aquel instante era el último.

Por eso lo alargaba. Tenía que dosificar fracciones de segundo si no quería que remitiera aquella tensión casi sobrehumana que en el éxtasis que precede a la obertura subyuga al público de una sala. Porque en ese instante nos sucedía simultáneamente algo maravilloso: yo el artista y ellos el público oyente iniciábamos una empresa común. Y si ellos no colaboraban, si entre el público había una sola persona a la que no lograba integrar en la magia, que estaba pensando en alguna tarea o problema cotidiano, entonces yo también habría fracasado allí arriba, en el escenario. La música la hacíamos juntos, mil personas calladas y otra, yo, en el escenario. Esa tensión que nos unía entonces era casi insoportable; si los hacía esperar un instante más tal vez se rebelarían, se lanzarían sobre mí y me despedazarían. Y en ese momento álgido que ya no podía prolongarse más, mis dedos pulsaron las primeras notas del estudio para arpa sobre aquella osamenta blanca y negra.

Era el momento del desenlace. Lo conozco bien: seguro que el piloto siente algo similar cuando su aparato empieza a elevarse en el aire. Ya estaba en casa, a mis anchas, en la música; había despegado de la tierra, ya no quedaba más que entregarme —y entregar la sala y todo lo que a nuestro alrededor se apegaba a la tierra— a la fuerza de la música, para que todo aquello volara hacia paisajes maravillosos, subido a la alfombra mágica de la música. Aún me elevaban fuerzas tranquilas, exentas de pasión; pero las manos ya sentían los arrebatos del *presto*, del *allegro* y el *agitato* que surgían poco a poco, ya oía desde lejos los truenos profundos y secretos del estudio *La tempestad. Alegro con brío*... Aquello ya era mi hogar. Seguían miles de notas, cada una en su sitio exacto, cada una con un sentido y un compás propio que no se puede, no se debe —ni estando medio muerto—, errar... Ya no era yo quien tocaba: una fuerza llamada música tocaba conmigo, a través de mí, me utilizaba por última vez para expresarse y luego me desecharía como un instrumento inútil y desgastado. Eso era lo que sentía. ¿Tocaba «bien»?... Estaba sentado inmóvil, con la postura rígida; sólo vivían mis dedos. Sí, creo que tocaba «bien»: después de todo lo que había practicado en mi vida, tocaba por última vez, como quien muere y vuelve a nacer, abandona algo y pasa a otra dimensión. La sala tocaba conmigo, sentía la proximidad del público, me llegaban sus ondas mudas y me decían que tocaba bien... Y la mancha roja en medio de los blancos y dorados: qué banal, qué graciosa y qué atractiva. Sólo por algo así ya merecía la pena vivir. Una mujer rubia, de nariz respingona y con un sombrero rojo, los colores utilizados por Renoir para inmortalizar a las regordetas mujeres de la pequeña burguesía, que ataviadas pomposamente de celeste y rojo se sentaban graciosas y elegantes en el trono del arte, pese a su vulgaridad. Eso era la vida, un fenómeno sensual y carnal, apasionado y vulgar, al que no conducía camino alguno desde esa otra dimensión donde soplaba el cálido aliento del *allegro con fuoco*... Y yo me despedía a la vez del sombrero rojo y de la música.

· · ·

Al amanecer, el médico optó por ponerme otra inyección. Vi su rostro preocupado, su mudo titubeo. Llevaba desde la medianoche sentado junto a mi cama; al principio me inyectó cierta sustancia en el brazo, me tomó el pulso en la muñeca y me consoló diciendo que me dormiría enseguida; luego apagó la luz y salió de la habitación. Pero no me dormí. Seguí despierto en la oscuridad, analizando el dolor. ¿Cómo era aquel dolor? Con los ojos cerrados intenté hacerme una idea. No se parecía a ninguna sensación conocida. Era un dolor nuevo, sorprendente, nada tenía que ver con el tormento del de muelas, ni con el punzante de la bronquitis. Era fuerte, agudo, inconfundible, no cesaba ni por un instante: había empezado a la altura del corazón y avanzaba lentamente hacia el estómago, donde se acomodó a su alrededor. Parecía haber encontrado un lugar adecuado, haberse establecido allí. Lo sentía como se puede sentir una bala o la hoja de un cuchillo en el cuerpo: un objeto extraño había penetrado entre las fibras de mi cuerpo y descansaba en las profundidades de aquella materia blanda. Me tranquilizó sentirlo allí de forma tangible, como una llaga o un tumor. Como si de pronto hubiera tomado una forma concreta aquello que en las últimas veinticuatro horas había rondado de forma difusa en mi interior y alrededor de mí. «Así que esto es el dolor», pensé. Yacía inmóvil, con la quietud natural y decorosa de los enfermos, con las manos descansando sobre la manta, pero de una forma más horizontal que una persona sana: una postura que asemejaba un poco la manera en que yacen los muertos o los que han perdido el conocimiento. Lo mismo debe de sentir el boxeador tumbado en la lona tras recibir un gancho en el estómago. Recordé vagamente que los golpes en el estómago podían resultar mortales. «Es curioso —pensé—, ¿cuándo me habían dado el golpe?...» En la sala Blanca aún no había ningún problema, todo estaba en su sitio, hasta la última nota de la sonata *Apasionada*, y en el profundo silencio del hospital, en medio de la noche, seguía oyendo ese sonido, pero ya como la vibración de una voz lejana, extraña a mi cuerpo y mi alma. La mancha roja brilló en la sala Blanca hasta el último instante. ¡Qué mujer tan agradable! Más que las mujeres de Renoir, me recordaba a las cándidas e inocentes pastoras, gorditas, rubias y respingonas, de los cuadros de Boucher. Seguramente hice una reverencia al final del concierto, como es de rigor; la mujer del sombrero rojo también aplaudía. Vi sus manos blancas, suaves y regordetas; manos así aparecen en las pinturas de Boucher haciendo toda clase de indecencias con gesto serio y ceremonioso. Luego abandoné la sala. En el camerino había olorosos laureles. Media hora más tarde me llevaron al hospital: lo hizo el profesor en su propio automóvil, no llamaron una ambulancia. Me senté a su lado y conversamos mientras conducía con gran pericia por las oscuras calles. Me acuerdo de que me excusé por las molestias que le causaba a esas horas; él me animó con cortesía, que no me preocupara, que me sintiera enfermo a mis anchas. Como un anfitrión que le dice a su huésped: «Siéntase como en su casa, siéntase enfermo si eso le place, *sans façon*.» Su actitud afable y bondadosa me tranquilizó y me desarmó. Seguramente me habría enfadado si me hubiera llevado al hospital un médico mediocre o una persona necia, que intentara animarme con prepotencia, diciéndome que no me pasaba nada grave. Aquel caballero no me consoló; tampoco lo haría más adelante, nunca; siempre me habló con objetividad sobre mi enfermedad, sobre mis perspectivas, como habla un adulto con otro adulto sobre lo inevitable, con madurez y sencillez.

—Creo que estoy muy enfermo —le comenté en el automóvil, y él, que iba con los ojos fijos en la calzada, asintió con la cabeza y contestó:

—Sí, eso parece.

No me despreció como paciente, no me trató como a un niño ni como a un mentecato, respetó mi dignidad, y eso me hizo sentir agradecido.

—Hay una clase de médico insoportable —le dije—, ya sabe, el engreído e inhumano, que entra en la sala donde el moribundo ya está morado, a punto de palmarla, y con cara alegre y frotándose las manos le pregunta: «¿Cómo van las cosas, amigo?» Conoce a tipos así, ¿no?

Se rió.

—Claro que sí —dijo.

Y volvimos a callar mientras el coche avanzaba a toda velocidad por la noche florentina.

—Tengo dolores atroces —le dije luego, y miré por la ventanilla; fugazmente vi el edificio de la Signoria.

—Sí —repuso—, ya lo veo. Deben de ser unos dolores tremendos.

Hablaba como si dijera que mi sombrero era negro: hablaba sobre hechos, sin agitarse y sin énfasis.

—Mire usted —añadió en tono amistoso, sin mirarme, enfilando con cuidado una bocacalle donde detuvo el coche ante un enorme edificio—, siempre digo que hay dos remedios sin los cuales no me gustaría ejercer la medicina.

Sacó la llave y se apagó el ojo mágico que testificaba la vida del motor.

—Uno ha de ser la morfina —aventuré.

Asintió con la cabeza.

—Sí, la morfina —confirmó mientras abría la puerta del coche para ayudarme bajar—. Y el bicarbonato. Ambas cosas proporcionan un alivio seguro en veinte minutos.

Me agarró del brazo y me condujo hacia el ascensor.

Ahora volvió a aparecer con la jeringuilla. Ya amanecía. Se detuvo junto a mi cama y me observó con atención.

—Duele mucho —dijo y asintió, se inclinó sobre mí con los ojos entornados, como si no me observara a mí, a la persona, sino a una variante inusual y extraordinaria del dolor. De la misma forma me había mirado horas antes, cuando llegamos al hospital. No preguntó cuánto me dolía, simplemente constató el grado de dolor como si dijera: «Estamos a cuarenta grados, vaya bochorno.»

Le contesté sin moverme:

—Duele muchísimo. No sabía que pudiera doler tanto.

Estábamos bajo una luz intensa.

—¿Le resulta insoportable?... —preguntó en tono serio.

Reflexioné un momento.

—Casi —le contesté—. Creo que es la clase de dolor que suelen calificar de insoportable. Pero, por lo visto, se soporta.

—Me alegro de que sea tan sincero —respondió con benevolencia—. No, no existe ningún dolor insoportable. Puede llegar a ser tremendo, pero nunca insoportable. Cuando llega a serlo, ya no lo sentimos.

—¿Cómo es la escala de los dolores? —pregunté.

Él se encogió de hombros.

—Es difícil de determinar. Dolores de corazón, angina de pecho, cálculo renal, cálculo biliar, inflamaciones, dolores de parto... Hay una gran variedad de dolores. Pero creo que el suyo —dijo con cortesía, como si no quisiera restarle importancia a mi dolor, casi respetando mi orgullo y sensibilidad— ocupa un sitial privilegiado en la escala de los dolores.

Me puso la segunda inyección, luego me sujetó la mano y se sentó a mi lado. Me agradó el contacto de su mano. El dolor remitió y en medio de aquella paz susurrante me tranquilizó sentir una mano que, en aquel mundo extraño, en la miseria que me había caído encima de forma imprevista, me transmitía sin sentimentalismo que la ayuda y la compasión humanas seguían existiendo. De pronto el dolor desapareció del todo, como cuando un ruido ensordecedor se apaga sin más. La paz empezó a cubrirme como un velo celestial. A través del velo veía el rostro anciano, arrugado, de barba blanca, aquel rostro cansado de trasnochar y, sin embargo, de mirada atenta y ecuánime que ahora, cuando ya surtía efecto la segunda inyección, experimentaba un cambio curioso.

—¿Qué siente ahora? —Oí su voz desde la lejanía, como si me susurrara.

—Nada —le contesté también con voz apagada.

Asintió y esbozó una triste sonrisa que nunca he podido olvidar: como si aquel rictus obedeciera a la impotencia, como si de ese modo admitiera que hasta ahí llegaban sus conocimientos y su capacidad de ayudar, que eso era todo lo que podía hacer una persona por otra en caso de extrema necesidad: ponerle una inyección narcotizante y ofrecerle así un breve período de paz al cuerpo y el alma atormentados. Se puso en pie, susurró algo a la enfermera y salió sin despedirse.

Así empezó todo. Sólo tengo recuerdos turbios sobre los detalles de los siguientes meses. La enfermedad, como toda situación humana, establece con extraordinaria rapidez un orden entre las cosas. Lo más seguro es que los condenados a muerte también tengan alguna clase de horario que distribuya el poco tiempo que aún les queda: ahora escriben cartas, luego comen, más tarde reciben visitas, piensan en esto y lo otro siguiendo cierta escala de importancia. Las situaciones extraordinarias de la vida se estructuran según un orden exacto. Cuando a media mañana me despertaba del efecto de la inyección, el personal del hospital ya se atareaba a mi alrededor, organizando el horario de la enfermedad: me aseaban, me daban de comer, me tomaban la temperatura; luego limpiaban la habitación; alguien cantaba en voz baja en el pasillo; yo veía el muro cortafuegos en el que destellaba el sol de la mañana otoñal. El dolor también era distinto del de la noche. Allí estaba, constataba yo con una curiosidad avara nada más despertar: porque uno enseguida considera que lo que tiene es de su propiedad, aunque se trate de algo horrible. Aquel dolor era mío, de manera que nada más despertarme nos saludábamos. ¿Estaba en su sitio? Sí, en su sitio exacto, alrededor del estómago. Pero por la mañana dolía de otra forma, de una forma diaria, mejor dicho, matutina: porque al igual que el amor es distinto por la mañana, por la tarde y por la noche —tiene otra temperatura, otro ambiente y otra intimidad—, el baremo de una enfermedad también cambia según las franjas del día. Por la mañana el dolor resultaba leve, como si hiciera las paces con el día. En las horas matutinas la enfermedad no llegaba a desplegar su fuerza real ni todas sus vertientes. Ora llegaba el barbero, ora el médico de turno, con el rostro descansado, con alguna noticia sobre la ciudad o el mundo, y entonces la enfermedad se veía obligada a agazaparse. Yo ya percibía el dolor como una madre percibe su feto: no lo sentía como una llaga, tampoco como un tumor, y era distinto del efecto de un golpe o una lesión. Era como tener un ser consciente dentro del cuerpo, un ser que poseía una vida propia dentro de la mía. Tenía también un sentido de las cosas, aunque retorcido y extraño. Y seguramente disponía de voluntad propia; tenía sus caprichos: a veces resultaba ingenioso y sorprendente, otras veces, apático e indiferente. Siempre era cruel, torpe, despiadado, y en ocasiones jugueteaba conmigo, como un animal salvaje con su presa o un verdugo con el condenado que le entregan para que haga con él lo que le venga en gana. Pero a veces incluso el animal salvaje o el verdugo se cansa, se aburre, bosteza, se harta. De igual manera, en ocasiones el dolor se agazapa, porque el enfermo se arma de valor y le grita, le exige que lo deje tranquilo. Entonces, astuto, se calla, se recoge, se esconde en su cobijo. Por otro lado, según he experimentado, es muy curioso y revisa con agilidad y habilidad de ladrón cauteloso la zona donde se introduce. Palpa por aquí, aprieta por allá. Se interesa por los ojos, los oídos, el estómago, el corazón. Hace incursiones inesperadas a los intestinos, luego se cobija en las extremidades. A continuación se harta y por un tiempo le pierdes el rastro. Como si se hubiera marchado. ¿Dónde se oculta en tales ocasiones? No da señales de vida durante horas. El cuerpo no baja la guardia, pero el alma se reanima, piensa que se ha producido un milagro, que se ha salvado. Ya elabora planes para la noche, para el día siguiente... Luego, en el sopor del primer sueño, de forma inesperada y desgarradora, con una crueldad infantil, el dolor golpea el pecho de la víctima, como un adolescente de fuerza colosal que jugara brutalmente con un compañero débil y desprevenido. Vuelve a pellizcar, quemar, desgarrar y mortificar con nuevas fuerzas, se ríe a mandíbula batiente, recurre a un nuevo repertorio para sazonar su juego, y al cabo de un rato —tras la alarma del primer ataque— el cuerpo se resigna a ofrecerle sus miembros inermes. Y en todo ese tiempo es como si el torturador y la víctima mantuvieran un diálogo. El cuerpo sufre, se quema entre las brasas invisibles, aúlla de dolor, mientras el alma se aleja para observar al ingenioso torturador desde la distancia, a veces casi con serenidad y superioridad. «A ver, ¿alguna sorpresa más?», pregunta el alma. Y entonces el verdugo se lanza implacable sobre los nervios del estómago para demostrar que aún no se le ha agotado el repertorio, que aún le quedan recursos que el paciente no imaginaba.

Los primeros días transcurrieron en un estado de intensa exaltación física, similar al frenesí de la noche de bodas. El dolor y el cuerpo se descubrían mutuamente; como los amantes, no llegaban a saciarse, volvían a lanzarse uno contra el otro: así era al principio. En este período, que duró cuatro días, solía aparecer junto a mi cama una figura de bata blanca que, sin pronunciar palabra, me administraba una inyección. Me proporcionaba alivio pasajero con misericordia muda y clemencia triste. ¿Qué me ponía? ¿Morfina? ¿Pantopon? ¿Dolantin?... Nunca me lo dijeron. Yo recibía estos dones caritativos sin preguntar nada, casi con indiferencia, como el sediento acepta el sorbo de agua que alivia su sufrimiento por unos minutos. Desde luego, debía de sufrir mucho si acudían a mi cuarto con la jeringuilla tan asiduamente, día y noche, sin que yo lo pidiera. El cuerpo atendía: en ocasiones preguntaba, distinguía y comparaba. El efecto de la inyección no siempre era idéntico: a veces sentía arder el dolor con un suave zumbido, al igual que la brasa de un cigarrillo quemando el papel; otras veces el efecto de la inyección era fuerte y profundo, sobre todo por la noche, hacia las dos de la madrugada, después de la somnolencia nocturna: no me hacía dormir pero me permitía pasar el tiempo en una especie de estado de gracia, como si le dijera al verdugo: «Basta por hoy. Déjalo en paz.»

La mañana del quinto día acudió el profesor, acompañado por el médico asistente al que yo ya conocía —un hombre mayor, bajo, de frente estrecha, que parpadeaba sin cesar y a veces se echaba a reír sin motivo aparente y, turbado, se mordía el labio inferior— y una enfermera, uno de esos seres impersonales, con indumentaria blanca y negra, que aparecían cada hora del día y de la noche en mi habitación, sin hacer ruido ni preguntas. Aquélla era la hora de la visita oficial. La voz del profesor también sonaba distinta: se mostraba interesado y cortés, pero le faltaba compasión.

—¿Ha dormido bien? —preguntó como un juez.

—Sí —contesté dócilmente, un poco desorientado—. La inyección de la noche me sentó muy bien.

Él sonrió.

—Ya lo sé —dijo con un deje de ironía.

Se sentó junto a la cama, me tomó el pulso y dijo con seriedad:

—Fue la última de estas inyecciones. Anoche recibió la última. —Y se dirigió al médico asistente con tono autoritario—: A partir de hoy pasamos a la otra inyección. Sólo una. Y sólo si la pide.

Callaron. Comprendí que ya no era dueño de mi destino ni de mi voluntad, que estaba en manos de otros. El médico asistente se mordía el grueso labio inferior y me miraba con cara de hastío, como si hubiera oído aquella conversación muchas veces y supiese qué sucedería durante la noche, al día siguiente y más adelante, y ya estuviera harto de explicaciones. Comprendí que lo que había dicho el profesor no era una cuestión de mero trámite: acababa de tomar una decisión importante.

—Pero ¿por qué?... —pregunté—. Con lo buena que es esa inyección... He dormido por primera vez en cuatro días. Sentí el dolor, pero sólo desde lejos, como voces en una habitación lejana.

El profesor volvió a asentir, como si diera su visto bueno a la respuesta de un alumno.

—Precisamente por eso —contestó.

—¿No quiere que me remita el dolor? —repliqué con hostilidad.

—Lo que quiero es que se cure. Necesita tiempo. No puedo curarlo a costa de convertirlo en drogadicto.

Nos observamos como dos púgiles antes del combate.

—Maestro —dijo entonces en tono amigable—, hoy se encuentra mejor. Los dolores ya no son tan agudos, ¿verdad?

—Me he habituado —contesté con cautela.

Debía defenderme: aquel hombre me atacaba, quería arrinconarme. Pretendía quitarme el milagroso veneno, la droga que me aliviaba el dolor. Debía proceder con cautela y evitar que me arrebatara aquel don tan efímero como benéfico. Como todo enfermo grave, sabía que a partir de ese momento debería luchar con astucia por todo lo que aliviara mi sufrimiento. Ya había dejado de ser un enfermo nuevo e interesante: pasados cuatro días, era uno más de los muchos que abarrotaban aquel hospital. Ya estaban un poco hartos de mí, habían llegado otros pacientes que se quejaban en voz más alta que yo. Así pues, me lancé al ataque.

—¿Qué enfermedad tengo? —pregunté incorporándome.

El profesor me miró como si yo fuera un objeto, como si ni siquiera hubiera oído mi pregunta, con la atención puesta en otra parte. Se acercó a la ventana y contempló el cortafuegos, aquel muro revocado de argamasa, todo lo que me era dado ver de los edificios inmortales de Florencia. Se encogió de hombros levemente, como si discutiera consigo mismo. Luego se dio la vuelta, se quitó las gafas y, sosteniendo el estetoscopio en la mano, me dijo con calma:

—Creo que será mejor hablarle con sinceridad. Su enfermedad no es un mal común, pero un día llegará a curarse. Tiene que hacerse a la idea de… —Se interrumpió.

Los tres, el médico asistente, la enfermera y yo, el paciente, dimos la impresión de retener el aliento.

—¿Me quedaré tullido? —pregunté.

—No lo creo —dijo con sencillez—, pero tiene que hacerse a la idea de que su estancia entre nosotros será larga. Los dolores irán remitiendo. No existe medicación específica para este mal, pero contamos con muchos recursos. Le administraremos todo lo que sea aconsejable —explicó con cierto nerviosismo—. Muchas vitaminas. Más adelante, tal vez también rayos X. No debe asustarse de que la enfermedad lleve su tiempo. Es una cuestión de paciencia. No debe asustarse de nada —insistió, y asintió tres veces con la cabeza como queriendo asegurarme que él tampoco tenía miedo.

—¿Qué tengo? —insistí.

—¿De qué le serviría saber una palabra latina? —contestó con paciencia—. No es una enfermedad frecuente. Provoca una infección, una suerte de infección vírica. Desconocemos el agente patógeno. Puede afectar desde bebés hasta ancianos. No creo que me equivoque —añadió algo inseguro.

—¿Usted ha tratado muchos casos así? —le pregunté.

—Algunos —dijo con reticencia. Y como alguien acosado por una pregunta incómoda, miró por encima de mi cabeza y continuó algo turbado—. Yo soy internista. También lo examinará un neurólogo. Ya han llamado desde Roma. De Nápoles vendrá X. —Dijo un nombre—. Es un médico excelente. Así lo quiere el ministerio.

Lo dijo con tono de disculpa y expresión de complicidad, como para darme a entender que ni el ministerio ni X podrían hacer nada por mí, pero había que soportar su ingerencia. Nos miramos fijamente, como jugadores de cartas en un momento clave de la partida.

—Pero —me obstiné— ¿qué enfermedad tengo?

—La palabra que la designa no es más que una palabra, sólo eso. Ha preguntado si he tratado muchos casos así —prosiguió, con la testarudez de quien siempre dice la verdad y no se resigna a dar una respuesta ambigua—. Pues no muchos. Entre quince y veinte a lo largo de treinta años... —Esbozó una sonrisa triste y pudorosa.

—¿Y se han curado? —pregunté.

Asintió muy serio.

—Muchos se han curado.

—¿Del todo?

Nos miramos fijamente. Sostuvo mi mirada, pero al final desvió la suya.

—Maestro —dijo—, ya sé que es una circunstancia difícil para usted. Hace cuatro días que llegó y, por si no lo sabe, los ha pasado en una especie de coma. Pero ya hemos superado los momentos más difíciles. Esta enfermedad a veces empieza de una forma muy dramática, con agudos dolores en el corazón y el estómago. ¿Me sigue?

—Sí, lo sigo. —En ese instante sentí un gran sosiego. Miré los ojos azules y límpidos del profesor, y supe que me diría la verdad.

—En esta fase inicial la enfermedad ataca los nervios sensoriales. Es el primer ataque, pero usted ya lo está superando... Lo que sigue aún podrá resultar doloroso, mas lo soportará con ciertas ayudas. Le prescribiré piramidona, un fármaco normal y corriente que da excelentes resultados. Cada vez estoy más convencido de su eficacia. Y además tenemos muchos otros medicamentos. Pero no es eso lo que quería decirle —sonrió con ironía e hizo un gesto de desdén—, sino que dentro de unos meses usted será el mejor médico de sus dolores. Sabrá con precisión milimétrica qué pedir y cuándo pedirlo...

—¿Dentro de unos meses? —repetí, y oí mi propia voz como un eco.

Me miró con calma. Luego volvió a hablar como un juez que pronuncia la sentencia casi con indiferencia, porque no tiene alternativa:

—Un mes, tres meses... Ya le he dicho que esta enfermedad es una cuestión de paciencia. —Y empezó a pasearse por la habitación, con las manos a la espalda. Por fin se detuvo delante de la cama y me miró a los ojos—. No tema. Le he prometido que se curará. Es algo que pocas veces prometo. Pero los dos necesitaremos tiempo y paciencia. Confíe en la vitamina B que le administraremos en dosis masivas. Vía intravenosa —especificó para el médico asistente, sin mirarlo a la cara—. Confíe en las inyecciones de plasma. En fin, confíe en las inyecciones en general... —concluyó.

—Pero ¿cuántos meses? —No cejé, como el condenado cuando se entera de la sentencia y se lanza a suplicar. No reconocí mi propia voz.

Asintió con gesto adusto.

—Eso no puedo precisarlo con exactitud. Mi colega de Nápoles podrá diagnosticarlo con mayor seguridad. Sólo puedo decirle que nunca he visto a un afectado por esta dolencia superarla antes de varios meses. Pero, insisto, los dolores más terribles remitirán. —Y como si de pronto se arrepintiese de haber hablado más de la cuenta, recobró su formalidad de médico y repitió en voz alta, casi de advertencia—: No debe temer nada, ¿me oye?... Se lo digo yo, míreme a los ojos. Nunca miento a mis pacientes, nunca. A veces no tengo más remedio que callar, pero mentir, nunca. A lo mejor usted ya lo ha superado todo. ¿Me entiende?...

Hablaba con vehemencia y en su mirada volví a percibir la misma impotencia que la noche en que me había puesto la segunda inyección. La tristeza de la impotencia.

Seguimos mirándonos. Entendí cada una de sus palabras, porque en ese momento no sólo hablábamos con palabras. Aquella visita matutina no era normal y cotidiana, un trámite rutinario más, sino una especie de juicio principal. Ese hombre llevaba cuatro días observándome, como el juez al acusado, y ahora ya creía saberlo todo sobre mí y mi caso. Había venido para dictar sentencia y exhortarme a soportar de buen grado la condena. Porque entonces yo ya sabía que aquella enfermedad era una condena. Tal vez todas las enfermedades lo sean, aunque no puedo asegurarlo, quizá también haya accidentes. Pero a mí me habían castigado. ¿Por qué? ¿Dónde me había equivocado, qué delito había cometido? Sospechaba que todo ello guardaba una difusa relación con la música, con E., con mi estilo de vida, con mi método de trabajo y con todo lo que yo era... Todo eso constituía una especie de crimen complejo consistente en no haber vivido, trabajado y amado como debería haberlo hecho. Pero, por Dios, ¿cómo debería haberlo hecho? Nadie me lo había explicado nunca. Nadie me había ayudado nunca. ¿Dónde, en qué había pecado, y por qué el castigo? Nos estábamos mirando fijamente y eso le bastó para saber qué me atormentaba. Él había oído —incluso sin mediar palabras— aquellas mismas preguntas infinidad de veces. Me miró con paciencia. Y como si lo viera por primera vez, me fijé bien en él. Hasta entonces no había tenido tiempo de hacerlo, al igual que quien se ahoga no tiene tiempo para fijarse en el aspecto de su salvador. Pero el profesor decía la verdad, el remolino ya no me arrastraba, ya sólo tenía que nadar hasta la orilla y agarrarme a las personas que me tendían la mano.

Aparentaba más o menos mi edad. Tenía el cabello completamente cano y se estaba quedando calvo, con resignación pero también cierto pudor, como aquellos que para disimularlo se peinan un mechón entrecano sobre la calva. Era un hombre alto, desaliñado y de postura encorvada, con los hombros caídos como los anémicos. Sus modos eran desgarbados, como quien no sabe qué hacer con su cuerpo y se avergüenza de ser poco agraciado y patoso. Tenía unas manos grandes y pálidas que semejaban palas, huesudas y enfermizas; y unos pies desproporcionadamente grandes que calzaba en zapatos que parecían barcas. Así estaba delante de mi cama, cargado de espaldas y con extremidades enormes, y sin embargo glorioso, con la impotencia lamentable y ridícula de quien se sabe poseedor de un físico fuera de lo común pero ya no tiene ganas de ocuparse de ello, ya está harto de ese cuerpo y no piensa perder el tiempo buscándole acomodo en el mundo. Gastaba una barbita blanca y puntiaguda, una especie de astuta barba de sátiro, como aquellos personajes de los decamerones italianos que durante el día leen a los humanistas y por la noche salen a la caza de jovencitas. Tenía unos labios carnosos que asomaban rojizos entre los pelos blancos, porque también llevaba bigote, unos bigotes amarillentos de nicotina que se mezclaban con la rala barba. Sus ojos irradiaban una luz azulada similar a las luces de emergencia de los barracones, frías y despiadadas sobre la miseria humana.

Observé sus ojos. Era la primera vez que veía realmente a aquel hombre; hasta entonces sólo sabía que andaba por allí, que era uno de los protagonistas del gran cambio operado en mi vida. Ahora, en el primer momento de tranquilidad, lo observaba como se observa al compañero o enemigo después de una batalla, al hombre que el destino nos ha puesto al lado en una situación de vida o muerte. ¿Qué sabía de él? Era médico y aficionado a la música, dirigía un gran hospital... Todo aquello carecía de importancia en aquel instante. ¿Sería capaz de ayudarme? Eso le pregunté con la mirada. Y él me la sostuvo con seriedad. No me lo aseguraba, pero era un hombre tenaz. Esa mirada iba a decidirlo todo entre nosotros. Porque lo que había dicho —«se curará... no suelo mentirle a los pacientes»— y lo que podía decir no eran más que palabras, aunque fueran ciertas. Pero lo que podía hacer por mí —inyecciones, rayos X, tratamientos y medicinas— resultaría inútil y vano si ambos, él y yo, no firmábamos allí, en ese instante, una especie de alianza y contrato: que él era mi médico y, por tanto, sería capaz de curarme. Los dos sabíamos que todo dependía de eso: las palabras, los medicamentos y las terapias sólo vendrían a continuación.

Entonces, mientras nos mirábamos, supe con certeza que aquel hombre sabio y experimentado no era el médico que yo necesitaba y no sabría curarme. Por ello volvimos a las palabras.

—¿Teme que los narcóticos me hagan daño? —le pregunté en tono normal.

—Es un temor genérico —contestó casi aliviado, como si aquel silencio y aquella prueba también hubieran resultado embarazosos para él, como si supiera que había suspendido, que en realidad nada podía hacer por mí, que había otras fuerzas que luchaban por y contra mí; y se alegró de que hubiéramos superado esos minutos penosos, en los que el médico ya no puede seguir engañando a su paciente y por fin puede cambiar de tema—. Tengo la obligación de temer por todos los que toman una droga durante cierto tiempo... Usted tal vez carezca de predisposición para ello, pero hemos tenido pacientes que con una sola inyección se hicieron morfinómanos irrecuperables. Y otros que no soportan estas sustancias. Y unos terceros que, al final de su enfermedad, dejan la morfina sin ningún problema... Espero que usted, maestro, sea uno de estos últimos. De todos modos, conviene andarse con cuidado. Pero, naturalmente, no permitiré que sufra. Ya le daremos pantopón, tal vez lo soporte mejor. O esteralgina —dijo más serio, como si hablara con otro profesional—. Confíe en mí.

—Confío en usted —dije.

Se puso en pie y me hizo una leve inclinación. Los dos sabíamos que a partir de entonces se limitaría a tratarme con sus mejores conocimientos, pero que en realidad no me salvaría. Me tocaba a mí curarme o morirme, según lo dispusiera el destino.

Como en una escena dramática en que el protagonista abandona el escenario y sólo quedan los actores secundarios para rellenar el vacío, al salir el profesor, el médico asistente y la enfermera suspiraron aliviados, y pasaron de la posición de firmes a la de descanso. La enfermera sostenía una bandeja con los brazos extendidos, en una postura similar a la de las sacerdotisas griegas que llevaban ceremoniosamente al altar los enseres necesarios para el sacrificio; en la bandeja esmaltada había éter, alcohol y los utensilios necesarios para la inyección, que refulgían con el frío esplendor del níquel y el vidrio. El médico se arrodilló junto a mi cama, me agarró el brazo derecho como si fuera un objeto y lo palpó en busca de una vena.

—Malas venas —refunfuñó, como el comerciante que desdeña una mercancía de segunda.

Con la cabeza le indicó a la enfermera que le diese la jeringuilla. Yo ya estaba familiarizado con todos los gestos de aquella muda ceremonia. Frotó las venas con los dedos, en el pliegue del codo, y más arriba me ciñó el brazo con una goma roja, frunciendo el entrecejo. Esperó unos instantes y luego, al marcarse una vena, soltó la goma e introdujo la aguja con la habilidad de un prestidigitador. El amargo aroma de la vitamina B se difundió por toda la habitación.

Yo observaba su labor con la paciencia del principiante. Los segundos transcurrían con lentitud mientras el flujo sanguíneo absorbía el medicamento.

—¿Cuánto me pone? —inquirí.

—Diez centímetros cúbicos.

—¿Es mucho?

—Bastante. —Y asintió con la cabeza.

—¿Sirve de algo? —pregunté con recelo.

Aún de rodillas, con sus gruesas gafas observaba atentamente el camino del líquido inyectado en la vena, preparado para extraerme con la misma jeringuilla sangre que luego me inyectaría siguiendo un peculiar tratamiento de autotransfusiones. Una vez lo hizo, levantó los ojos y se encogió de hombros.

—¿Por qué pregunta semejantes cosas? —me reprochó—. Yo no soy más que un médico. La experiencia y las estadísticas indican que las dosis masivas de vitaminas curan. Pero para saberlo con seguridad, necesitaríamos que usted existiera en dos ejemplares: a uno se le daría vitamina, al otro no. Y cabe la posibilidad de que también se cure el que no toma medicamento alguno. Algodón —pidió a la enfermera por encima del hombro.

Restañó la sangre que asomaba del pinchazo y me levantó el brazo en alto.

—No parece muy convencido de la eficacia de los medicamentos —le dije con desenfado.

—Usted quiere saber si se curará —contestó y se incorporó, sacudiéndose el polvo de las rodillas—. Desde luego tiene derecho a ello. Si pudiera, me lanzaría preguntas capciosas para convertirme en una especie de cómplice o coautor de un crimen. Yo me hago cargo y me defiendo lo mejor que puedo. Por ejemplo, no contesto si los pacientes me preguntan cosas de este tipo.

—¿Es usted italiano?

—No —respondió con calma—. Soy de Praga.

—Ah, de Praga —dije con cortesía—. ¿Alemán? ¿O checo?

—Austriaco.

—Ya —dije.

Él se quedó mirándome con paciencia, como el que está habituado a las preguntas impertinentes de los pacientes y considera su obligación contestarlas.

—¿Hace mucho que dejó Praga? —añadí con embarazo, porque no continuar habría sido una grosería.

—No hace mucho. Sólo cuando fue necesario. Anteriormente tenía un sanatorio en las afueras de la ciudad.

Su voz no delataba acusación, queja o rencor. En su tono no vibraba la menor emoción. Hablaba con objetividad, como quien informa sobre un cambio en su vida y nada más. Sonreía afablemente. Y como previendo el resto de la conversación, se adelantó:

—Maestro, ¿desea algo más?

—Gracias —le dije—. Si tiene cosas que hacer...

—Siempre tengo cosas que hacer —repuso y acercó una silla a mi cama para sentarse—. Por ejemplo, tranquilizarlo a usted. Es tan importante como la inyección o los rayos X. Veo que está intranquilo. —Me miró con atención.

Encogí los hombros.

—El profesor dijo algunas cosas —respondí—. Pero calló otras.

—Porque es médico. ¿Qué alternativa le queda?... Es una magnífica persona, pero sólo un médico.

—¿Y eso no basta? —repliqué sonriendo.

Meneó la cabeza, como si discutiera con una persona invisible, y se puso a liar un pitillo. Sus dedos parecían tener vida propia, más bien habilidad propia: cada uno de sus gestos era disciplinado, como los de un músico.

—No —respondió al cabo—. Un médico únicamente sabe tratar las enfermedades. Sólo Dios sabe curar.

Sentí un súbito desasosiego. «Pone las inyecciones con maestría, pero está loco —pensé—. Estoy en manos de un loco.» Traté de contestarle con educación:

—Quiere decir que es la naturaleza la que cura.

—No —dijo con viveza—. Quiero decir lo que he dicho. Es Dios quien cura, Dios en persona. La naturaleza no es más que medio e instrumento en manos de Dios. El que es incapaz de llegar a Dios no puede curar, sólo tratar a los enfermos, aunque lo haga a la perfección. A usted también lo tratarán, no se preocupe. Pero me gustaría que se curara, maestro. Usted aún puede dar algo a la humanidad... lo que no es poco hoy en día, cuando la gente se esfuerza en destruir todo lo que tiene sentido en esta vida. No tema —repitió las palabras del profesor y me miró con gesto afable, jugueteando con el pitillo.

—Eso ya lo ha dicho el profesor. ¿Qué es eso que no debo temer?

—Al médico que también sabe curar —dijo en voz baja, inclinándose un poco hacia delante, expresivo, como un adulto que le habla a un adolescente o un experto que no quiere presumir de sus conocimientos ante un profano—. Médicos de verdad hay y ha habido muy pocos, en todas las épocas. Hipócrates era uno de ellos, Paracelso también. Yo conocí a uno en Praga. No era famoso, era simplemente un médico que ejercía su profesión, pero sabía algo que a veces no saben ni los más famosos. El buen médico es un chamán —dijo sonriendo con amabilidad, como si quisiera comunicarme de la manera más sencilla ese secreto, cuya esencia yo no era capaz de entender al ser un profano en la materia.

Me esforcé en contestarle con indiferencia; como si compartiera su opinión y él sólo hubiera resumido lo que yo pensaba y creía sobre la medicina.

—Sí, claro. ¿Usted también es chamán?

Ladeó la cabeza y me miró con ceño.

—Ésa es la cuestión —dijo con vivacidad y la voz de un niño curioso y desorientado—. No sé si lo soy. Me refiero a que el chamán es un viajero celestial. Media entre Dios y los humanos. Porque la enfermedad no es más que la violación del orden del mundo. Dios abandona al hombre, se retira de él... y entonces surge la enfermedad. Claro que en los libros de medicina no se habla de este proceso —añadió con una media sonrisa desdentada—. En esos libros se habla del hígado y el bazo. Y del corazón. Y está bien que así sea, porque los médicos verdaderos son pocos y enfermos hay muchos. Por eso en tiempos de las guerras médicas Hipócrates permitió a sus colegas chamanes que iniciaran a profanos en los secretos de la medicina. Porque en las grandes culturas sólo a los sacerdotes se les permitía curar... quiero decir, en las culturas vivas, en armonía con el Dios vivo, como era la caldea, la griega, y más adelante la cristiana. Aquel médico de Praga era un chamán: recondujo a sus pacientes a Dios. Veo que no me entiende. Naturalmente, también les administraba purgantes y a veces llamaba al cirujano. Pero eso sólo era auxilio terapéutico, como los rayos X o los análisis de sangre. Un médico de verdad cura sin medios auxiliares.

—En una palabra, usted no es chamán —me obstiné con cierto punto de crueldad.

—No —dijo—, ya no soy chamán. —Con el dedo señaló el oído—. Ya no oigo esa voz... ¿Me entiende?

Le contesté con otra pregunta, gozando de mi crueldad:

—Pero ¿la ha oído alguna vez?

—Alguna vez sí —contestó entre dientes, sin molestarse—. Pero no hablemos de mí. Veo que tiene miedo. El profesor no ha logrado tranquilizarlo. Se comprende; es una persona extraordinaria y sabe todo lo que puede saberse sobre enfermedades, pero también sabe que lo que sabe es poco, que con eso no basta. Al enfermo también hay que darle algo más... no sólo medicamentos. Mire, después de la guerra un judío que vivía en Frankfurt fue paciente mío. Su nombre no importa. Había luchado en la Gran Guerra y era escritor, pero no de los que escriben libros sobre los que aparecen críticas y anuncios en los periódicos...

Era otra clase de escritor. Se dedicaba al judaísmo y a Dios, y más adelante al germanismo. Lo conocían pocos. Le hubiera gustado armonizar de alguna forma su condición de judío y alemán... Por eso le pasó todo. Sobrevivió a la guerra sin sufrir herida alguna. Pero después del tratado de paz, un día cayó enfermo en Frankfurt, donde con la ayuda de los Rothschild había organizado una especie de escuela laica judía. Primero pensaron que padecía la parálisis de Landry, una variante de la paresia. No se preocupe, su enfermedad es de otra índole. La enfermedad de mi paciente también era de otra índole. De la parálisis de Landry se suele morir en pocos días, pero ese hombre se mantuvo vivo durante ocho años. ¿Quiere saber cómo vivía?... Se lo cuento con gusto. Tengo la obligación de contárselo. Estuvo ocho años postrado en cama sin poder moverse. Los reflejos se le fueron apagando uno tras otro, se le paralizaron los brazos y las piernas, luego perdió la capacidad de hablar y de tragar, se le colapsó el sistema digestivo. Lo alimentaban por sonda y luego le hacían lavativas. No podía hablar ni mover la mano. ¿Qué tenía?... Ahora podría contestar lo mismo que le dijo el profesor: ¿de qué le servirían dos palabras en latín? *Amyotroph sclerosis*... pero con ello no le explico nada. No hay medicamentos para curarla. El enfermo no experimenta dolor ni temores. Simplemente está inerte, medio muerto, durante años y años. Eso fue lo que le sucedió a mi paciente. Sólo tenía vida en los ojos y podía mover un poco el dedo meñique izquierdo. El proceso de la parálisis es pertinaz e irreversible. Cuando el pobre supo que era incurable, encargó que le hicieran una especie de máquina de escribir con teclas más grandes que las normales. Una vez tuvo esa máquina especial, se puso a trabajar. Su método era el siguiente: fijaba la mirada en una tecla y su esposa la pulsaba. De este modo escribió críticas sobre obras musicales para la sección radiofónica de un periódico alemán, tradujo al alemán obras de poetas estadounidenses, contestaba cada carta que recibía y, con la ayuda de otro escritor, tradujo el Antiguo Testamento del hebreo al alemán. Vivió así ocho años. Nunca se quejó. Siempre estaba de buen humor. Los Rothschild de Frankfurt, si querían distraerse media hora, iban a casa del escritor enfermo y nunca salían con las manos vacías: recibían ánimo y confianza... Y esa persona incapaz de moverse, de tragar, de hablar, que ya sólo vivía con su intelecto y daba señales de vida con los ojos, escribió cartas a centenares de personas, dictó consejos mudos, dio ánimos y consuelo. Un día antes de morir, le escribió a un amigo suyo una carta en la que ponía que, por lo visto, el hombre está más predispuesto al dolor que a la alegría... Ése fue su único lamento. Murió tras ocho años de enfermedad, de parálisis total y de trabajo intenso, porque su cuerpo se había descompuesto.

Calló y, con la cabeza ladeada como los miopes, me miró con curiosidad desde detrás de sus anteojos, como un niño prematuramente envejecido que con una travesura ha llamado la atención de un adulto y ahora espera su reacción.

—¿Piensa que a mí también me espera eso... ocho años de incapacidad? —pregunté.

Soltó una risita y sacudió la cabeza.

—Creo que el ser humano es infinito —contestó sonriendo—. Más infinito que la enfermedad y todo lo que pueda pasarle. Pero no tan infinito como Dios, que lo ha abandonado.

Y se dirigió a la puerta. En el umbral se volvió y dijo:

—El paciente quiere descansar, sor Dolorissa. Y por la noche otra inyección, no lo olvide.

La enfermera gorda y corpulenta lo siguió con la bandeja en las manos, con solemnidad y sin decir nada, con afectado ceremonial: como una sacerdotisa iniciada en secretos superiores que no dispone de tiempo para mirar a los míseros creyentes.

Una vez a solas, empecé a ver mi enfermedad como una especie de tarea, un trabajo o un viaje peligroso cuyas verdaderas dificultades al principio aún se desconocen. Sólo intuía que el proceso sería complejo y largo. El profesor me había hablado de meses y el médico asistente tampoco me había dicho nada alentador. Por otra parte, no me atraía en absoluto seguir el ejemplo del escritor judío que había escrito cartas y ensayos durante ocho años sin mover más que los ojos. No tenía bastante fuerza física o espiritual para eso, y de la parábola sólo sacaba en claro que a mí también me esperaba un fin similar. Aquel extraño médico austriaco, que no era chamán pero creía en un camino de sanación celestial, pretendía advertirme sobre las posibles perspectivas de mi destino. Me miré las manos: los dedos se movían con obediencia, tan sólo sentía un suave hormigueo en las yemas, indicio de que en mi cuerpo se desarrollaba algo ajeno a mí. De momento, el dolor descansaba, seguramente concentrando fuerzas para un nuevo asalto. Me sentía cansado y apático. El mundo me parecía muy distante: no como un objeto alejado en el tiempo o el espacio, sino más bien como debe de serlo para alguien desahuciado o aún no nacido que un instante antes del nacimiento o la muerte contemple los mares, los libros, el retablo de una iglesia, los ojos de una mujer, todo lo que pertenece a la vida humana. Me habían iniciado en un misterio, me habían comunicado una sentencia, pero sin aclararme cómo se ejecutaría.

Tiempo tenía, pero de una forma distinta de quienes vivían más allá del muro cortafuegos, entre emociones en tres dimensiones: yo yacía enteramente en una dimensión temporal, en un hueco profundo, diría que casi cómodo. En alguna parte estaba Florencia. En alguna parte estaba la guerra. En alguna parte había salas de conciertos donde la música reinaba. En alguna parte vivía E., y en el magma de la memoria —los conceptos del «hace mucho tiempo» y el «recientemente» ya habían perdido su verdadero sentido para mí— seguramente aún tenía algo que ver conmigo; pero ya no como una persona viva, de carne y hueso, sino más bien como un recuerdo, el recuerdo de alguien que había muerto o viajado a una región remota. En este lugar no había cables telefónicos ni ondas inalámbricas que condujesen al pasado. La enfermedad era completa, real y absoluta. Me dispuse a conocerla. Como un náufrago arrojado a una isla, empecé a orientarme con gestos apocados y cautelosos en ese ambiente nuevo, lleno de matorrales y peligros. Busqué el sitio que me correspondía en aquella nueva dimensión. Los peligros me acechaban, vivía en medio de un clima diferente al del pasado; entre la maleza de la enfermedad me esperaban sorpresas, tribus salvajes y animales feroces. Tal vez tuviera que morir por estar enfermo. Tal vez me quedara tullido. Había personas que yacían ocho años inmóviles sin poder tragar ni hablar… Pero el aprendiz de chamán me había dicho que el hombre era infinito, así que me observé buscando aquella infinitud en mi cuerpo enfermo. Lo hice con astucia, como aquel a quien la tempestad arranca de un barco grande y hermoso, de la luz eléctrica y la comodidad, para arrojarlo a una isla desierta. La enfermedad me gruñía en el cuerpo como la fiera sedienta de sangre que huele a su presa. El dolor era como salvajes que me atormentaran con sus flechas envenenadas. Ese modesto símil me divirtió por un tiempo. Pero luego tuve que atender otras cosas, porque la enfermedad también es un trabajo forzoso, un acontecimiento diminuto que se desarrolla según un horario fijo, y yo no podía desatender ese orden.

Me tomaban la temperatura y luego un médico me preguntaba con amabilidad si tenía ánimo y fuerzas para bajar al sótano, donde me esperaba un moderno equipo, un artefacto que emitía radiaciones de onda corta que, misteriosas y benévolas, rastrearían la enfermedad en mi cuerpo hasta encontrarla y desterrarla. Sonreía con complicidad, como una alcahueta que promete al recién llegado placeres inimaginables. Después era sustituido por una de aquellas criaturas de blanco y negro, de andares silenciosos, que me traían medicamentos o me daban de comer: las enfermeras. Iban y venían en la dimensión de la enfermedad como los seres legendarios saltaban entre las páginas de las historias fantásticas... Al anochecer volvía el dolor. Una noche el médico asistente, que esa vez no parecía ningún chamán puesto que llevaba un traje oscuro para asistir a la ópera, me examinó presuroso y a continuación instruyó a la enfermera sobre cuándo y qué dosis de analgésicos debía administrarme durante la noche. Me miraba distraído, como un familiar mira al pariente archiconocido cuya presencia ya no resulta placentera. Pasaron semanas y no volvió a hablar de chamanes, ni de que la enfermedad era en realidad una violación del orden del mundo. Se limitaba a cumplir su labor con eficiencia y me inyectaba vitaminas con asombrosa habilidad; a veces se quedaba parado ante la cama, echaba la cabeza atrás, entornaba los ojos y me miraba como un escultor o un pintor observaría la evolución de una estatua o una pintura recién empezada. Y yo yacía bajo el celo examinador de aquella mirada, como una obra incipiente que él, el médico, se sentía obligado a terminar a la perfección. La obra empezada era la enfermedad: hasta allí llegaba mi entendimiento. Soportaba su mirada, las inyecciones, la radioterapia, los medicamentos; pero yo, por mi parte, también observaba, al menos las primeras semanas, aunque todo lo que sucedía no me interesaba demasiado. Pero el profesor llegaba todos los días y siempre se mostraba igual de gentil, cordial, indiferente y objetivo, como si constatara que todo discurría debidamente con aquella persona que —Dios sabe por qué— había optado por ese peculiar pasatiempo que es la enfermedad. Por lo visto no tenía nada que hacer con mi enfermedad, pese a que sin duda deseaba que me recuperara. A continuación se dirigía a la habitación contigua para ver al siguiente paciente... Tras sus visitas, a veces una sensación compleja y difícil de definir me advertía que aquel hombre me era infiel. Me trataba concienzudamente, pero no me daba todo lo que yo esperaba de él... mas ¿qué podía esperar de él? Tiempo tenía de sobra, así que me puse a cavilar. Esperaba algo más, como todo enfermo. Percibía una especie de economía en sus modales, como sabedor de que debía repartir sus fuerzas entre todos los enfermos y administrar equitativamente ese extraño fluido que es la curación. Eso pensé. No obstante, sabía que mi arrebato de celos era puro egoísmo de enfermo, nada más. El médico austriaco se mordía el labio, a veces alzaba el hombro, gruñía y abandonaba la habitación. Pasaban los días y las noches. Me encontraba solo, en Florencia, con la enfermedad como única compañía.

También me visitó el profesor napolitano. Apenas entró, dijo con el dedo índice en alto:

—Saque la lengua.

Detrás de él, en el umbral de la puerta, estaban mis amigos, el profesor y el médico asistente. Sonrientes y divertidos, como compinches mudos, me dirigían miradas y gestos para que no me asustara: el colega napolitano era un excelente profesional, sólo que estaba un poco chiflado. Cuando lo comprendí, no saqué la lengua y le indiqué que se acercara. Lo hizo de puntillas.

Era un hombre alto, de cabello rubio tirando a pelirrojo que le caía en mechones de artista sobre la frente. Se acercó a mí con pasos de bailarín y los brazos extendidos, como si caminara por la cuerda floja. De pronto pareció recapacitar y se inclinó gentilmente antes de presentarse. Nos examinamos con interés. Más tarde me confirmarían que era realmente un gran talento, un científico de fama mundial en su especialidad. Pero yo, el enfermo, no le interesaba en absoluto, aunque sí le interesaban mis piernas y mis brazos. Examinó mis reflejos con suma avidez, yendo de un sitio a otro, murmurando, sin prestar atención a nadie, mucho menos a mí, a la persona que había tras esas piernas y brazos enfermos y esos reflejos mermados… Tardó media hora en examinarme con detenimiento. En la habitación reinaba el silencio. Los médicos seguían con atención todos sus movimientos, como si quisieran descubrir los trucos de un célebre prestidigitador. Yo yacía en aquella cama estrecha y diseñada con mucha ciencia —como todo lo demás en el edificio, también era una especie de instrumento con la ayuda del cual el enfermo podía curarse, pero desde luego no era una cama donde uno pudiera estirarse y dormir a gusto—, y también observaba los peculiares brincos del médico napolitano, cumplía obediente sus indicaciones, levantaba las piernas y los brazos, sacaba la lengua, cerraba y abría los ojos, consciente de que todo aquello carecía de sentido.

Los días y las noches pasaban y poco a poco había comprendido que detrás del «tratamiento» y la «curación» sucedía algo que poco tenía que ver con los médicos; aquello sólo tenía que ver conmigo. Entretanto, el médico asistente austriaco callaba. A veces bostezaba y se rascaba, como si pensara en otra cosa, y se aburría.

El neurólogo volvió a Nápoles en su avión; yo me quedé allí en la cama científicamente construida, tan perfecta como una silla eléctrica, viendo el muro cortafuegos que entre todos los edificios de Florencia permanecía como la única realidad visible para mí. A veces reflejaba la luz otoñal, a veces lo cubrían densas sombras. Según me enteré más tarde, el napolitano volvió satisfecho a su ciudad: había constatado exactamente lo que esperaba. Los médicos se iban y volvían cada cierto tiempo, a veces se aburrían de mí o de su vida o de su profesión, algunas veces se interesaban por mí. No volví a oír de viajes celestiales, ni de la violación del orden del mundo; el médico asistente me pinchaba en el brazo las inyecciones concienzudamente, los artefactos de radioterapia zumbaban con suavidad, los medicamentos en ocasiones surtían efecto y mitigaban el dolor, los narcóticos ora me brindaban horas de felicidad, ora negaban con testarudez la distensión del aturdimiento al cuerpo enfermo, causando simple saciedad... Un día se me paralizaron las manos, luego los pies; otro día noté al despertar que no podía tragar ni articular palabras... Estos síntomas despertaban en los médicos preocupación, interés y —curiosamente— satisfacción: el profesor tomó nota de mi parálisis como quien descifra la última palabra de un crucigrama trabajosamente desentrañado. Mencionó casi con alegría que ya esperaba aquel síntoma y dispuso que me alimentaran por sonda. Yo pronunciaba las palabras tartamudeando, apenas inteligibles, por lo que se inclinó hacia mí y se esforzó en entender mis balbuceos. El asistente no se pronunció sobre el cambio; sólo se mordió el labio inferior, cruzó las manos sobre la barriga, ladeó la cabeza y me miró con leve reproche, como si yo no fuera del todo inocente en lo que me ocurría. Esa tácita acusación tenía algo de cierto. Yo también sospechaba que no era del todo inocente en el absurdo empeoramiento de mi enfermedad: seguramente no había vivido tal como era debido, no había sido un músico, un hombre y un ciudadano tal como era debido, no había pensado en Dios y en el prójimo tal como era debido, y aquél era el castigo... Con el profesor no se podía hablar de ello; no le interesaban las cuestiones relativas a la culpa ni a la autoacusación, el castigo, la expiación o la clemencia, no estaba dispuesto a juzgar mi enfermedad fuera de los parámetros de un curioso cuadro clínico, a veces sorprendente, nunca regular pero siempre natural. Para él sólo existía una cosa: la realidad de que el paciente no podía tragar ni hablar correctamente. Balbuceé si había tenido un derrame cerebral. Sonrió y me explicó que la parálisis era un síntoma pasajero, que no se trataba de ningún derrame, que la enfermedad no sólo atacaba los nervios sensoriales, sino también los motrices y los faciales. Y me tranquilizó diciendo que aquellos molestos síntomas desaparecerían pronto. Dispuso que siguieran alimentándome por sonda y prohibió la entrada de visitantes. Comprendí que me ponían en cuarentena: me mantendrían apartado del mundo por mi propio bien, y como a un miserable tullido me ocultarían de las miradas compasivas y maliciosas de extraños; podría decirse que velaban por mi imagen ante el mundo... El profesor se fue y apareció Dolorissa, la enfermera corpulenta, con la bandeja. Ahora no traía éter ni jeringuilla, sólo alimento licuado. Y con la ayuda de una sonda de goma se dispuso a alimentarme.

Todo aquello no sólo resultaba horrible, grotesco y penoso, sino también interesante. La enfermedad había llegado a despertar mi interés: no sólo le interesaba a mi cuerpo, sino también a mí, que permanecía en alguna parte detrás como una persona que pensaba y sentía con plenitud pese a que su cuerpo había dejado de funcionar parcialmente. Sor Dolorissa me dio de comer con jovialidad, y aquella extraña escena —una mujer que me introducía comida insípida por el esófago con la ayuda de una sonda— unas semanas antes seguramente me habría resultado inconcebible: si alguien hubiera llegado a presagiar que me pasaría algo así, seguramente yo habría reaccionado con arrogancia, diciendo lo que suelen decir las personas orgullosas y saludables ante tales vaticinios: no esperaré a que llegue ese momento, antes prefiero suicidarme... Durante la lamentable alimentación por sonda recordé esta afirmación y me eché a reír. La enfermera, con paciencia y sin mayor interés, me preguntó de qué me reía. Tenía una mirada fría, altanera. Aquella mujer gorda, aquella campesina de la Toscana que llevaba su hábito de monja con tanto orgullo como si fuera un uniforme militar que le otorgara privilegios, se paraba ante la cama de los enfermos con una mirada maliciosa y una ironía apenas disimulada, como diciendo: «Ahora te escondes en un rincón. Pero ayer aún te sentías muy hombre. Perseguías a las mujeres, tratabas de ganar dinero, ibas en automóvil por el *corso*. Ahora estás aquí y eres un don nadie, ¿verdad? Pues te lo mereces.» Como un espíritu protector no dispuesto a lamentarse por el destino de los humanos, sino que se limita a realizar su piadoso cometido sin rechistar —cuidaba a los pacientes con dedicación y los médicos solían encomendarle los casos más graves—, observaba a sus pupilos sin compasión y sin falsa afectación. Ahora que me alimentaba por sonda, a mí también me observaba así. «Claro, eras músico —parecía decir su mirada—, buscabas el éxito y los aplausos.» Su desdén frío y callado casi me sentaba bien. No contesté a su pregunta y ella enjugó el líquido que me resbalaba por la comisura de los labios. Luego, sin decir nada y con gesto severo, salió de la habitación portando la bandeja.

La risa se me había pegado en el rostro paralítico, y así me quedé viendo alejarse a Dolorissa. «Difícilmente se puede vivir en condiciones más miserables que las mías», pensé. Incapaz de hacer nada, de tragar, de hablar, de moverme, estaba condenado a la postración durante meses, como un animal al que alimentan a la fuerza para que siga con vida... Y sin embargo, en medio de toda esa desgracia no me sentía tan infeliz como debería. Por eso me había reído antes; pero no podía explicárselo a sor Dolorissa. Era ese secreto lo que ocupaba mis pensamientos, cada vez con mayor ahínco y excitación, por la mañana al despertarme y hacia medianoche, cuando me adormecía por obra de la inyección sedante después de padecer los infames y lancinantes ataques del dolor: como el que, sobreponiéndose a su lamentable estado, de repente comprende algo y presta atención. Así atendía yo. Porque la enfermedad crecía y se apoderaba de mí, atacaba nuevas zonas de mi organismo, recorriendo —casi con curiosidad— todo el sistema nervioso, avanzando por regiones hasta entonces intactas con la precaución y el arrojo de un descubridor. Si un mes antes alguien me hubiera dicho que un día hablaría balbuceando, que sólo sería capaz de alimentarme mediante tubos, tal vez me habría suicidado. Tal vez. Pero ahora ese miserable estado —hecho de vergüenza, dolor y humillación— ya estaba allí; porque la enfermedad —lo deducía no sólo de la mirada maliciosa y altanera de Dolorissa— era realmente castigo y humillación. Sin embargo, yo no tenía ganas de suicidarme. También es verdad que tampoco tenía posibilidad de hacerlo. Quizá nunca nada me había interesado con tanta pasión —ni la música, ni los viajes, ni los libros, ni el amor por E.— como ese estado horroroso y lamentable. Job había yacido así junto a un montón de inmundicias; entonces comprendí que realmente no existían límites, que el médico austriaco estaba en lo cierto: el ser humano es más infinito que su destino. Es más infinito, más intrépido, más dispuesto a todo... pero ¿quién podía entender aquello? Entonces volvía a rumiar mi enfermedad. Como quien no se conforma con el trabajo a medio hacer, al despertar del efecto de los narcóticos en la madrugada, a las primeras luces del alba y la conciencia, me observaba el cuerpo sin resentimiento, sin desesperación: ¿cuánta vida quedaba en él?, ¿me parecía aún al hombre que había sido en tiempos, aquel que había frecuentado los mejores salones y conversado con elocuente fluidez sobre la vida y la muerte, que en las salas de conciertos despertaba y luego vencía al temible monstruo de la música? Ya sólo me parecía de una forma aproximada y ambigua a aquel hombre; no sólo mi cuerpo había cambiado en el caldero infernal de la enfermedad, donde lo cocía y condimentaba una fuerza ardiente y malvada, sino que yo, aquella otra persona que estaba detrás de mi cuerpo, detrás de mis recuerdos, yo tampoco era ya el mismo.

Y todo aquello resultaba interesante, pero no como puede resultarlo el mundo, la gente, los paisajes o las ideas. Era interesante en el sentido en que la muerte puede resultar al mismo tiempo imprevista y familiar para aquel que muere, o el nacimiento para aquel que nace. Porque ese estado también me era familiar, en absoluto imprevisto. Como si en el fondo incubáramos toda situación humana, como si todas las variantes de la obra maestra estuvieran dentro del bloque de mármol, y un poderoso escultor —la enfermedad o cualquier otra fuerza al servicio de aquélla— desentrañara de la materia del cuerpo esta vertiente de la existencia. De manera que era un tullido, estaba medio muerto y no faltaba mucho para que muriese del todo: ésta era la realidad, pero no me daba miedo. No me indignaba, no formulaba quejas, ni contra mí mismo ni contra Dios. No culpaba al destino, a las fuerzas ciegas e inescrutables. ¿Qué era lo que me interesaba de aquella situación? Pues sus facetas prácticas. Quiero decir que no me interesaba cuánto pudieran compadecerme E. o los melómanos o mis conocidos, sino en primer lugar si volvería a mover la mano, si volvería a tragar, pero en ningún momento la idea de si podría volver a interpretar la música de Chopin. Pasé semanas enteras viviendo como un animal, y aquello no me parecía malo ni desesperante. Había días en que lograba alcanzar el timbre con la mano y una mañana, incluso, llegué a pronunciar unas palabras italianas con bastante nitidez. Y llegó el día en que volví a ser capaz de tragar. Los síntomas físicos fueron remitiendo, ya casi comía como una persona normal, casi como cuando... ¿cuándo? Había transcurrido tiempo desde mi anterior vida. Llevaba ya dos meses postrado en aquella ingeniosa cama terapéutica, hacía dos meses que el profesor me visitaba todos los días, que por la mañana y por la tarde venía a verme el asistente, el cual seguramente ya conocía mi cuerpo, mi circulación y mi sistema nervioso mejor que los suyos, y a cada hora entraba por aquella puerta blanca una u otra figura blanca y negra para traerme alguna cosa, hacer la cama, levantarme, darme de comer, decirme algo. Dos meses, y en alguna parte estaba el mundo y la guerra; pero de aquello nadie me decía nada. Parecía vivir en otra dimensión, en un mundo cuyas leyes no podían ser violadas por los vivos, por aquellos que podían caminar con sus propias piernas.

Durante esos dos meses, cuando pasé semanas sin poder tragar ni hablar y yacía en la cama como un tullido, entre personas extrañas, llenas de buena voluntad pero indiferentes, expuesto a un médico asistente visionario que abrigaba concepciones chamánicas, a los caprichos de algunas enfermeras y de su superior, el profesor, me sentí absolutamente tranquilo. ¿También feliz? No lo diría, porque ignoro en qué consiste la felicidad. Pero si la ausencia de deseos y el conocimiento agradecido y humilde de la realidad no se parecen a la felicidad, prefiero no llegar a conocer dicho estado de ánimo. No me faltaba nada ni nadie; al fin y al cabo, en alguna parte seguía viviendo gente que me recordaba, y nunca se me ocurrió pedir el correo o preguntar con impaciencia por qué no llamaba nadie a mi puerta, la que conducía a otro mundo, a la habitación del enfermo. Creía que el mundo estaba en alguna parte desde la cual ya no había caminos que condujeran hasta mí; y esta idea me tranquilizaba aún más. Los días y las noches transcurrían empapados de una sensación de amparo y plena seguridad. Si no me hubiera torturado con insistencia el dolor, el principal síntoma de mi enfermedad, no podría haber formulado ningún anhelo, deseo o queja: el estado en que vivía era pleno y perfecto. Porque el dolor y la enfermedad no constituían el sentido verdadero de aquel estado: eso había llegado a entender del mensaje divino, aunque aún deletreaba las palabras, como cuando alguien descifra un texto extraño y misterioso. Como el que se despierta y aún tiene los ojos cerrados, en el aturdimiento de la primera toma de conciencia, sospechaba que la enfermedad y el dolor no eran más que los accesorios y el vestuario de algo, que yo actuaba en una escena dramática y, por tanto, los accesorios y el vestuario debían significar algo. El sentido de la acción era más importante, pero ¿cuál era éste? Pasé días y noches con esta sensación, sin necesidad de formular la pregunta con palabras, pues ardía en el fuego del dolor, en el tormento de las extremidades doloridas, en la humillante repugnancia material de la enfermedad. Y mientras, yo, a lo lejos, tras el vestuario y los accesorios, me sentía tranquilo. A veces llegaba incluso a sonreír.

También es verdad que no me encontraba del todo abandonado y privado de consuelo. Tenía un secreto. Pero pocos sabían de su existencia, sólo el profesor, el médico asistente y la enfermera de turno. Y lo guardábamos con celosa complicidad.

El profesor se rindió el segundo mes, visto que no había forma de alcanzar una tregua con el dolor. Se encogió de hombros, murmuró algo entre dientes y luego se avino a que todas las noches me pusieran la inyección que durante dos o tres horas estrangulaba al dolor con sus garras invisibles. Había renunciado a luchar y no volvió a protestar más, se sometió a la tiranía de la realidad. Durante unas semanas probaron con la piramidona, y después con una serie de fórmulas carentes de morfina. Me las administraban por vía intravenosa, o en forma de polvos diluidos en los goteros; me provocaban náuseas y a veces un sueño pesado y lúgubre, pero nunca me proporcionaron sosiego ni me calmaron el dolor. El profesor me observaba con los ojos perspicaces de un agente secreto para averiguar si mi sufrimiento era fingido. Las enfermeras me rondaban durante la noche, como espías, intentando averiguar si el tormento era real, si yo hacía trampa y si en verdad seguía desvelado tras el mazazo de aquellas sustancias amargas, potentes y pérfidas. Los informes de los espías convencieron al profesor de que no fingía: ninguno de los analgésicos me hacía efecto, cada tres horas el dolor blandía sus instrumentos de tortura, de una forma imprevisible pero siempre con descarada arrogancia. No quedaba otra salida que desechar los polvos y las inyecciones más inocentes. El dolor era una realidad y sólo podía ser vencida, aunque fuera temporalmente, por una realidad más fuerte: la morfina.

Tras una noche especialmente virulenta, en la que el ingenioso torturador exhibió todo su repertorio, por la mañana, a la hora de la visita médica, el profesor se sentó junto a mi cama. Me observó largamente en silencio, con el mentón apoyado en la palma de una mano. Luego alzó los hombros, como si al final de una larga partida de ajedrez se viese obligado a reconocer la derrota.

—Bueno —dijo, y me cogió la mano con amabilidad—. *Bene, bene* —añadió con melódico acento toscano—. No hay nada que hacer. No tengo derecho a dejar que siga sufriendo. —Se volvió hacia el asistente—: Esta noche y en las sucesivas le pondremos la otra inyección.

El aprendiz de chamán asintió con la cabeza; no especificaron cuál era la «otra inyección», y yo, herido en mi orgullo, no lo pregunté. Se trataba del resentimiento del enfermo al que habían dejado sufrir y de la satisfacción de que, al final, la enfermedad y yo habíamos ganado: el profesor tenía que rendirse porque nosotros, la enfermedad y yo, éramos más fuertes.

—Espero que no se convierta en adicto —añadió y me observó ladeando la cabeza, como quien calibra la fuerza de un púgil antes del combate—. Es una cuestión de carácter, maestro.

Asintió y se puso de pie. Desde el umbral, se volvió y me sonrió.

—Discúlpeme —dijo—. No es que dude de su fortaleza de carácter, es que conozco la fuerza de los alcaloides. Pero en su caso no me queda opción... Sus dolores superan la piramidona y mis conocimientos.

Lo dijo con humildad y lucidez, como el que sabe que sin compromiso no hay solución para las cuestiones de vida o muerte. Se fue y el médico asistente esbozó una sonrisa torcida.

—Por fin se ha salido con la suya —me dijo enseñando la encía mellada.

—Lo sé.

—Pero la victoria le ha costado cara —añadió con un matiz de halago—. Al fin y al cabo, dos meses y una semana son sesenta y siete días. Y sesenta y siete noches. Siempre sobre carbones hirviendo. Es toda una proeza, maestro. Una proeza distinta de la del escritor de Frankfurt, pero usted es otra clase de persona. Admiro su capacidad de resistencia.

Con gravedad y casi con respeto, continuó:

—No le tema a la euforia. No tenga miedo de sentirse feliz, de librarse del dolor. Tal vez sea eso el gran problema de la humanidad: no el dolor, sino el temor que le impide ser feliz. ¿Que tiene su precio? Pues sí, todo tiene su precio; este lugar común es lo bastante antiguo como para que no dudemos de su acierto. Y para que paguemos el precio correspondiente.

Y se marchó satisfecho, con una ancha sonrisa. Por la noche me pusieron la «otra inyección». A la noche siguiente también, y siempre que lo deseaba, a eso de la medianoche.

Yo llamaba «cita química» a aquel cuarto de hora que tenía un significado secreto —sólo conocido por los dos médicos, la enfermera y yo—, y es que realmente semejaba una especie de cita. Esperaba la hora nocturna como un enamorado espera el momento del encuentro. La simple expectativa de aquel instante aliviaba el dolor y el tedio de las horas previas. Durante el día, cuando tenía más poder que yo, el dolor se me echaba encima con una pasión visceral, como una amante despechada y cruel, amargándome la existencia con refinados tormentos. Me quemaba los dedos, al igual que hacen los verdugos que torturan al preso clavándole agujas candentes bajo las uñas. Pero incluso en los momentos de mayor saña, siempre avizoraba la lejana esperanza de un poder terrenal capaz de esposar durante unas horas al despiadado verdugo. Vivía esperando la noche, y la luz del día se apagaba lentamente en aquella maravillosa espera.

La cita química se iniciaba hacia medianoche. Yo esperaba el momento, alargaba y extendía su llegada, urdía estrategias utilizando a mi favor el tiempo y el dolor. Hacia medianoche, cuando los cientos de desdichados que habitaban aquel enorme edificio se habían sumido en una apatía fatigada y un sueño agitado, yo extendía la mano tanteando y pulsaba el timbre. Seguían entonces unos minutos de expectación. El corazón se me desbocaba, igual que el del enamorado que, agazapado en la oscuridad, aguarda la llegada de su amante secreta. En la habitación sólo permanecía encendida una lámpara de luz azulada. Y la cama, que unos minutos antes había sido un infierno lleno de ascuas de dolor, se transformaba en un tálamo, el escenario de la aventura que se avecinaba... Todo ello tenía algo de excitante que encendía el cuerpo y el alma, pero también algo de indecente e inmoral. Y, en efecto, al cabo de un rato se oía por el pasillo el sonido apagado de pasos recatados, pasos de mujer que se dirigían hacia mi habitación, pasos sigilosos y cómplices, propios de las mujeres que a altas horas de la noche se precipitan al lecho de un hombre para llevarle felicidad, olvido, reconciliación, consuelo o amor... Y en esos instantes me daba igual en qué forma esos pasos me trajeran la felicidad: como amante que acude a una cita clandestina o como sustancia química. Sin duda aquello tenía todos los ingredientes de una cita: la hora nocturna, la soledad expectante, la cama, el deseo, la penumbra, todos los sufrimientos de la existencia que se diluirían en el tierno abrazo de unos brazos inmateriales. La puerta se abría, casi sin ruido, como sólo saben abrirla las mujeres que llegan a horas intempestivas, para dar paso a una de aquellas figuras blancas y negras, sonriente, empuñando una pequeña jeringuilla y hablando en susurros... Era el instante culminante. Era la cita química. ¿Qué significaba para mí todo eso?... La satisfacción de que la ciencia y la solicitud humanas eran capaces de imponerse —aunque sólo fuera por unas horas— a los tormentos bestiales de la naturaleza. El presentimiento de que sucedería algo dulce e infinitamente placentero para el cuerpo torturado, que tras el padecimiento llegaría una especie de felicidad, y que no había que temerle aunque tuviera su precio. La seguridad de que una fuerza superior al dolor me sacaría con manos tiernas y seguras de los abismos infernales para colocarme en otra dimensión de la existencia, donde me recibiría una suave música, una paz celestial y una armonía perfectamente estructurada. Era una cita de esperanza y emoción, de felicidad y remordimiento, de todo lo que excita el corazón humano desde el principio de su existencia. Hablábamos en voz baja, la visitante nocturna y yo, que la recibía embargado por la expectación. Ella me ponía la inyección y luego, con voz apagada, casi un suspiro, me deseaba las buenas noches, salía sin hacer ruido y apagaba la luz.

Entonces se iniciaba algo cuya duración y significado ya no tenía tiempo de analizar. Porque la inyección surtía un efecto rápido: mis ojos aún no se habían habituado a la oscuridad cuando ya empezaba a vibrar aquella peculiar excitación, una beatífica ansiedad en cuyo aturdimiento el dolor arrojaba sus instrumentos de tortura y se alejaba de mi cama, como un guerrero abatido. ¿Qué sucedía entonces? Muy poco y todo.

Primero, el cuerpo se desvanecía: ocurría gradualmente, las extremidades, el torso, la cabeza, luego los sentidos, la vista y el oído. La garganta se me secaba y tenía una sensación de ahogo y de no poder tragar. Después de esta ansiedad venía una especie de caída libre: como si me precipitara de espaldas por un abismo suave y oscuro, donde no me lastimaría ya que carecía de fondo. Era el infinito, la nada, un lugar entre el cielo y la tierra. Y todo ello me resultaba familiar, lo que me hacía aún más dichoso. No me recordaba el placer sexual, porque era menos y también más. No consistía en una sensación física, porque el cuerpo se había diluido en el ardor íntimo del abrazo, pero tampoco era un estado del todo inmaterial, porque tenía algo de la satisfacción cruda que sigue al orgasmo. Era la amante que sin rostro ni cuerpo se introduce todas las noches en el lecho de un leproso, se entrega plenamente y exige también plena entrega. Era ajena y, en cierto modo, mostraba una especie de personalidad: no me pertenecía, pero tenía un poder y una voluntad férreos. Me dominaba, me poseía sin piedad, elevaba mi cuerpo con arrogante magnanimidad hacia la inconsciencia de una existencia supraterrenal. Y brindaba algo más: más que las amantes de carne y hueso, más que cualquier medio y forma con que el placer o el trabajo son capaces de calmar el ansia terrible que se oculta en lo hondo de la existencia humana. Ofrecía una euforia sin ningún tipo de culpabilidad, la sensación de que en el fondo de la existencia no había nada malo ni bueno, tan sólo la extinción total y el renacimiento pleno. Algo que nunca dan las mujeres, algo que no existe en el amor humano. Tampoco lo encuentra uno en los instantes en que tras una labor escrupulosa y atormentadora resuena, por fin, la música pura, el producto ininteligible de la disciplina y el éxtasis. Por un lado era más, porque no lo afectaba la prohibición moral de la lujuria, ni la ambición ni la culpabilidad, pero por otro lado era menos de lo que ofrece el mundo al cuerpo y al alma, porque tras unos breves instantes de felicidad venía un oscurecimiento que ya no era sueño y aún no era muerte: pero para la conciencia era la nada, el embotamiento tonto y aturdido provocado por los narcóticos. Y aun en ese estado, entre la vida y la muerte, sabía que sólo a través de la conciencia uno puede ser feliz sin sentirse culpable, al menos por unos instantes.

Así era todas las noches la cita química: una misteriosa relación con una amante que no pedía nada y lo daba todo. Y, como toda dicha relacionada con el cuerpo, las horas de este éxtasis nocturno y de refinada inmoralidad también daban paso a una inevitable resaca matinal. Por la mañana aparecían con diabólica fuerza todos los síntomas —náuseas, abatimiento y odio a mí mismo— derivados de los alcaloides. Entonces el profesor se paraba ante mi cama con una sonrisa altiva, como quien constata con indiferencia los suplicios de un alcohólico en las horas de sobriedad matutina. Las náuseas me recordaban el malestar agudo y asqueroso que causa el mar, pero la cama tampoco era tierra firme durante el día, un lugar donde pudiera recobrar el equilibrio. El malestar físico y psíquico que seguía a las citas químicas colmaba los dolores corporales con nuevos suplicios. Durante el día había que pagar un alto precio por la anestesia, por las breves horas de dicha nocturna, y no sólo había que hacerlo con el malestar repugnante y nauseabundo del cuerpo. Era como si la felicidad química nocturna fuera realmente un desliz inmoral e indigno, una violación de las reglas y las convenciones que al día siguiente se prefiere no recordar. «Y al siguiente día no me saludes, hijo mío, bajo los tilos»... Sí, a la luz del día a mí también me invadía este embeleso poético lleno de ironía y vergüenza cobarde que agravaba los tormentos físicos con un nuevo sentimiento: el del autodesprecio. No sólo me sentía avergonzado ante la mirada comprensiva pero levemente irónica del profesor; no sólo me sentía avergonzado por las muecas estereotipadas del médico asistente, como si durante la noche yo me entregara a una actividad perversa y repugnante al amparo de un húmedo sudario... No necesitaba testigos para tener la certeza de que las citas químicas no eran meros deslices inocentes, que abandonarse a la lujuria, sí, a la lujuria más extrema, a aquella equívoca sensación de aniquilamiento, no constituía una empresa moral edificante... Y en vano pagaba por ello con la resaca, en vano me proporcionaba una especie de exención el dolor: nadie, ningún ser vivo, tiene derecho al placer irresponsable. Lo que sentía era similar a «mejor no hablar de ello», como cuando los hombres al día siguiente dicen con sentimiento de culpa: «un asunto de faldas, mejor olvidarlo». Pero luego no lo olvidan... Y hacia las seis de la tarde, cuando el dolor volvía con los tormentos previstos para ese día, yo volvía a anhelar la llegada de la medianoche.

El profesor lo sabía y el asistente hacía la vista gorda. Y también lo sabían otras personas: los testigos mudos de las secretas citas nocturnas, las ayudantes silenciosas, las celestinas angelicales: las enfermeras.

Pero ellas tampoco hablaban. La enfermedad tiene sus secretos y ellas conocían los secretos de una miríada de sufrimientos y miserias humanas. De noche me traían a la cama la felicidad vedada, sabedoras de que en un cuerpo quebrantado el dolor y el gozo buscan su morada con igual indiferencia. Y no comentaban nada: callaban y se limitaban a cuidar a los enfermos.

En el pasillo al que daba mi habitación trabajaban cuatro de ellas: las hermanas Dolorissa, Cherubina, Carissima y Mattutina. Nunca llegué a descifrar sus horarios: a veces alguna permanecía en su puesto durante dos días y dos noches, otras veces se relevaban cada dos horas. Al igual que no desvelaban nada sobre su vida, tampoco había forma de enterarse de sus horarios de trabajo, lo que hubiera delatado algún rasgo de su vida privada. Dolorissa era alta y gorda, con el rostro picado de viruelas: una corpulenta campesina toscana que pese a vestir hábito iba y venía por los pasillos con la ropa remangada, llevando la cuña o la bandeja de los medicamentos, como si estuviera faenando en el huerto de algún caserío cercano a Florencia, entre aves de corral, animales domésticos y una camada de hijos. Llevaba a mi habitación la tranquilidad y el pragmatismo de los campesinos: nada la conmovía pero todo le interesaba, valoraba cualquier materia prima, le daba tanta pena tirar un algodón ensangrentado como si fuera un huevo podrido, pues le dolía no poder aprovecharlo. Su arrogancia, la sonrisa siempre irónica que esbozaba al erguirse con las manos en jarras sobre la miseria humana que yacía en aquellas camas, todo ello calmaba a los pacientes más que la compasión hipócrita y afectada. Los enfermos se sentían atraídos por la expeditiva y cortante Dolorissa, que no tenía pelos en la lengua, aquel rústico ángel de la guarda en cuyo rostro picado no se notaba ni la edad ni los sentimientos; era un ser atemporal, despojado de todo rasgo sensual. No sólo el hábito ocultaba su personalidad: ella tampoco quería existir de otra forma que no fuera como encarnación de la profesionalidad impersonal, una especie de máquina misericordiosa. Los pacientes se sentían atraídos por ella y los médicos siempre la llamaban cuando había que ocuparse de un enfermo grave: «Me siento más tranquilo —decía el profesor— si Dolorissa también está junto a la cama.» A los moribundos no los consolaba, les hablaba escueta y profesionalmente sobre la agonía y la muerte. A los ojos de Dolorissa, morir era algo tan natural y sencillo como cortar un callo. Recomendaba a los pacientes la extremaunción con absoluta naturalidad, sin compasión ni conmoción; en las salas comunes anotaba sus últimos mensajes, rezaba junto a su cama cuando el agonizante aún no había cerrado los ojos, y aun así esta curiosa y cruel eficiencia no asustaba a los enfermos. Los moribundos la llamaban y ella siempre acudía a tiempo: gorda e indiferente, se paraba junto a la cama del desdichado con las manos entrelazadas sobre el estómago y no decía nada, se limitaba a mirarlo con atención —con el interés impersonal del forense—, buscaba en el rostro castigado por el dolor y el sudor los signos bien conocidos, luego alzaba los hombros, traía medicamentos, comida o bebida, encendía dos velas y se ponía a rezar. De todo ello me enteré gracias a la información que fluye entre la gente que, en cárceles, hospitales o campos de internamiento, comparte por necesidad un destino común, lo que les permite saber de unos y otros y también sobre las personas que disponen de sus vidas. La información se filtraba a través de las paredes, sin necesidad de golpecitos o mensajes en clave; lo sabíamos todo de todos, nosotros, pacientes y reclusos al mismo tiempo; y nuestros dulces carceleros, las enfermeras, también lo sabían. Me enteré de que el caballero de la habitación 5 que padecía cáncer de estómago, tres días después de la operación ya era capaz de digerir los tragos de leche que Dolorissa le obligaba a beber; la grata noticia animó a los demás. Sabía que la mujer dálmata de la sala común, a la que la semana anterior le habían extirpado un seno, ya había llamado a una peluquera para que le arreglara el cabello, pues esperaba visitas. Sabía todo aquello y mucho más, al igual que los ocupantes de las habitaciones individuales y las salas comunes sabían que yo estaba muy enfermo pero que ya podía tragar, incluso hablar... Todo ello tenía otro valor en la tierra de nadie de la enfermedad que el que podría tener para las personas sanas. Y las enfermeras callaban.

Dolorissa me cuidaba como una pariente severa que, a fuerza de regañinas, escarmientos, medicinas y experiencia, se esfuerza en reconducir a los extraviados hacia la vida, hacia el camino recto, o, caso contrario, los ayuda a pasar a mejor vida, donde ya no volverán a cometer fechorías como enfermar de cáncer de estómago o septicemia... También Mattutina, Cherubina y Carissima siempre estaban cerca de mí, aunque durante mucho tiempo no logré vislumbrar ninguna personalidad tras sus atuendos. Sólo sabía que estaban allí, que tenían el tocado siempre impecable y almidonado, que bajo la barbilla llevaban el lazo de la esclavina sujeto con dos alfileres de cabeza de marfil, que tenían los puños siempre limpios y relucientes, así como bien lavado y planchado el ropaje blanco y negro con el cinturón y el rosario tintineante, impecable día y noche pese al uso. Tardé semanas en aprender sus nombres y otras semanas en apreciar la personalidad que se ocultaba tras sus nombres y vestimentas. Pulsaba el timbre o simplemente pensaba en algo y Mattutina aparecía de inmediato, muy seria, con el termómetro, el analgésico o un vaso de leche, o preguntaba en voz baja, con mirada experimentada, qué me dolía o de qué me había acordado... Nada más gemir, se abría la puerta y aparecía la figura alta y espigada de Cherubina, sus ojos mansos buscando síntomas que revelaran algún cambio en la enfermedad, y con el lenguaje cómplice que se establece entre el paciente y su cuidador, con medias palabras y simples gestos, entendía la necesidad o la urgencia del momento... Se acercaba la medianoche y los suaves pasos de Carissima resonaban por el pasillo: me traía las gotas, la mágica inyección, el secreto vergonzante pero feliz que compartíamos... ¿Cómo eran estas hermanas? Las semanas y los meses pasaban y poco a poco llegué a conocerlas. Porque había horas en que la enfermedad ya no me interesaba como en las primeras semanas; las alternancias del dolor, el alivio, la sensación de intoxicación y la relativa mejoría ya me resultaban tan aburridas como cualquier trabajo rutinario. Aquello también era un trabajo rutinario; más allá de la breve y embriagadora dicha de las citas químicas, desde la mañana hasta la noche era un enfermo reglamentario, trabajador y profesional, y por eso a veces me aburría. Porque —me costó aprenderlo— hasta el infierno puede llegar a resultar aburrido.

Pero las cuatro hermanas no se aburrían en aquel infierno. Para ellas constituía la única dimensión de la vida, sí, para ellas la esencia del hospital, la enfermedad y los enfermos era la salud. Dolorissa era severa y pragmática, y los enfermos se encogían al verla, como ante una institutriz rigurosa que sabe que su pupilo ha cometido alguna fechoría. Mattutina era tan solemne como una sacerdotisa, algo obtusa pero siempre ceremoniosa. En sus gestos traslucía el suave ímpetu de los actos litúrgicos: era menuda y gorda, y sus manos parecían albóndigas, pero sabía extenderlas —eran manos moldeadas con una sustancia blanda y nívea— hacia los enfermos con tanta solemnidad como el sacerdote cuando administra la comunión. Mattutina era monja en el sentido más canónico del término: para ella, la elegida, el hábito blanco y negro era el símbolo sublime de la elevación espiritual. Cuando no tenía nada que ofrecer a los enfermos, entrelazaba los dedos sobre el pecho en postura de rezo. Sonreía pocas veces, y cuando lo hacía era con dolor, como si se acordara de las cinco llagas de Cristo y de la maldad del mundo. Cherubina era bella en un sentido sensual y femenino: aquella belleza había crecido y madurado entre las montañas y el suave sol del Tirol meridional, y ella la ostentaba consciente y orgullosa, como si a todas horas ofreciera a Dios aquel don. En el rostro, en el porte tenía algo de la mansedumbre rústica, ingenua y devota —pero cautivadora— de las Vírgenes talladas en madera por los campesinos tiroleses. A veces un mechón de su cabellera morena le asomaba por debajo del velo, y su pelo era sedoso y de un tono cálido, como el de las madres y mujeres de corazón que aportan al mundo fertilidad y bondad laboriosa. Cherubina había nacido para ser madre y esposa en una de las altas casas labriegas de tejado plano de un pueblo tirolés, en prados oreados por vientos límpidos, la soberana moderada de un mundo diminuto. En su figura espigada se traslucía el poder de la fertilidad, pero su cuerpo permanecía estéril, y toda aquella fuerza tierna que irradiaba su ser, en vez de dársela a sus hijos, la derrochaba en enfermos quejumbrosos. Era religiosa en el sentido más antiguo de la palabra; para ella, el voto con que se había puesto al servicio de Dios y la humanidad era un voto absoluto: como al principio de los tiempos, cuando la palabra que intercambiaron Dios y el hombre tenía aún fuerza creadora. Naturalmente, Cherubina ignoraba todo aquello. Su única meta en la vida era servir. Servía tanto a Dios como a los hombres al recoger la cuña o al arrodillarse en la capilla del hospital.

Y como era bella y joven —más tarde me enteré de que por entonces aún no había cumplido los treinta—, cuando se presentaba ante mi cama a primeras horas del día o a altas horas de la noche, parecía pedir perdón con su sonrisa. Se sabía bella, y sabía que su disfraz y su voto no podían ocultarlo: era una mujer joven que despertaba deseos, unos deseos turbios que revivían en la conciencia de los hombres las reminiscencias de la bella monja del *Decamerón*. Y sonreía como sabiendo que se trataba de un sacrificio: era bella y era mujer, y eso mismo tendría que ofrecer a los hombres, pero como era monja no podía dar más que una sonrisa, aunque en ella se vislumbraba el perdón que pide una mujer bella: «Perdóname, pero no puedo hacer más por ti.»

Cherubina no era hipócrita, ni falsamente beata. Sabía reírse con ganas de la relación paradójica entre hombres y mujeres, y el médico asistente a veces soltaba en su presencia unos chistes rudos y explícitos. Entonces ella reía con el semblante despejado, radiante, mostrando su hermosa dentadura, como si supiera todo sobre la vida, en particular que los hombres y las mujeres se abrasan en el fuego de la pasión y los secretos efímeros de la carne. Una mañana en que Cherubina había acompañado al profesor a mi habitación, pregunté:

—¿Nunca hay problemas con las enfermeras?

Los dos me entendieron. Él sonrió y ella soltó una risita, antes de responder:

—Pocas veces, ¿verdad, profesor?

Su alta figura se erguía entre los dos, me estaba tomando la temperatura. Al inclinarse sobre mí, sentí el calor de su cuerpo joven a través de su rústico hábito. El profesor asintió:

—Así es. Pocas veces.

Sus ojos se encontraron y rieron como dos cómplices.

—Por ejemplo, el año pasado, con Veneranda, ¿verdad, Cherubina?

Entonces ella se puso seria y fijó una mirada triste en el termómetro. Luego dijo en voz baja, casi con devoción:

—Veneranda sufrió mucho.

—Siempre se sufre —repuso el profesor con tono instructivo— si uno pretende salvar a alguien sabiendo que carece de poder para ello.

Cherubina seguía mirando el termómetro.

—Veneranda sufrió en vano —musitó.

El profesor apoyó los codos en las rodillas y se inclinó hacia delante. Dijo como hablando para sí mismo:

—Creo que uno nunca sufre en vano.

La puerta se abrió y asomó el delgado rostro de Carissima, enmarcado por la cofia blanca y almidonada. Carissima se ocupaba de los medicamentos: la mayoría de las veces era ella quien me ponía las inyecciones nocturnas. De edad indefinible, entre cuarenta y cincuenta, en su rostro pequeño, pálido y oval sólo relucían sus grandes ojos negros. Siempre caminaba deprisa, se afanaba nerviosa y reía como una niña sin motivo aparente. Venía a buscar a Cherubina. Una vez las hermanas se fueron, el profesor se me acercó y dijo con tono confidencial:

—Carissima está enferma. Pero no lo sabe.

La verdad es que el destino de la pálida Carissima de risita infantil no me interesaba mucho, pero pregunté:

—¿Qué tiene?

—Leucemia —respondió escuetamente el profesor. Y como arrepentido de su revelación, se frotó la barba y cambió de tema—: Ha preguntado si hay problemas con ellas, ¿verdad? Pues claro que los hay, son seres humanos. Tras el hábito y los modales de religiosas viven personas de carne y hueso, mujeres. Pero no se puede imaginar qué pocas veces se extravían. Llevo treinta años viviendo y trabajando con ellas. Unas fallecen, otras vuelven a la clausura, llegan nuevas para sustituirlas... pero en treinta años sólo he visto dos crisis realmente graves protagonizadas por monjas. Una tuvo un final trágico, murió. La otra sufrió mucho pero lo soportó, está viva.

—¿Veneranda? —pregunté.

—Sí, Veneranda. Fue hace tres años. Cuidaba a un enfermo de apendicitis y se enamoraron. Ya estaba a punto de abandonar el hábito y dejar la orden. Sí, Cherubina tiene razón, Veneranda sufrió mucho. Y ese hombre no merecía tanto sufrimiento... La superiora la ayudó mucho; es una gran persona.

—La superiora, ¿dónde?

—Pues en Pistoia. —Y me miró asombrado por mi ignorancia—. Muy cerca de aquí, en la bella Pistoia. Allí está su monasterio, tiene un gran jardín... Cuando se cure, vaya a visitarlas. Vale la pena conocer a la superiora.

—¿Qué hizo la superiora por Veneranda? —pregunté.

En realidad nada de aquello me interesaba. Las hermanas, el profesor, los suplicios, los deslices químicos nocturnos, la enfermedad, la humillante situación en que me encontraba, todo ello me había dejado agotado e indiferente. Vivía en un mundo cenagoso, sintiendo que me hundía poco a poco. Igual podía haberle preguntado qué pasaba en el mundo, en la guerra, con los polacos, los alemanes o los rusos. O qué pasaba en Florencia, o con E... Y con la gente en mi patria. Porque habían transcurrido meses sin enterarme de nada; los de casa seguramente se interesaban por mí y la guerra también continuaría avanzando por su senda cruel y despiadada... Sabía y no sabía que todo eso me lo ocultaban; mantenían en secreto las noticias de mi vida anterior, del mundo, todo lo que podía afectarme del pasado y la realidad; ya sólo podía vivir para la enfermedad. No me permitían las visitas y guardaban mi correspondencia, porque temían que alguna noticia procedente de casa me devolviera a los remolinos de la enfermedad. Y yo tampoco deseaba otra cosa que estar enfermo.

Ésa era la razón de que sólo por cortesía hubiera puesto interés en la superiora y Veneranda. Como si todo aquello no fuera más que un pretexto y una excusa: un médico y un paciente insalvable tratando de engañarse penosamente con conversaciones de circunstancia. El profesor también lo sabía y hablaba con rapidez, como queriendo desviar la atención de la cuestión verdaderamente importante:

—La abadesa se comportó de una manera ejemplar. Es una gran persona. No la castigó ni atemorizó, porque sabía que de aquel sufrimiento Veneranda podría aprender algo. Confió el asunto a Dios y la naturaleza humana. Y Dios y la naturaleza humana, como siempre, terminaron ayudando. Bueno, como casi siempre —aclaró meticuloso, e hizo una pausa. Sonrió sin alegría y luego añadió—: Aplica métodos pedagógicos excelentes. En realidad es una magnífica orden. Siempre están de buen humor, les gusta cotillear y no son engreídas. También son glotonas, les encantan las naranjas y los pasteles. Y no necesitan dinero.

—O tal vez sí —dije, pero descarté mi sugerencia implícita.

—No, no. Además, aquí usted es un huésped, maestro. Un invitado del Estado italiano. Ni hablar. —Y levantó la mano con un gesto brusco, como desechando una idea inaceptable—. Usted es nuestro invitado, el invitado de todos —se apresuró a añadir.

—Un invitado también puede ofrecer regalos a sus anfitriones —repliqué, porque me divertía su protesta—. Y si a las hermanas les gustan los dulces y las chucherías… Aquí en Florencia hay excelentes pastelerías. Si no recuerdo mal… la Giacosa, por ejemplo. ¿Puedo pedirle, profesor, que tramite esta petición en la administración?…

—Por supuesto, maestro —dijo con seriedad y se puso en pie; como si aquella petición fuera de primordial importancia y su cumplimiento requiriese un extremo celo.

—Cherubina es bella —comenté distraídamente.

El profesor, que ya estaba en la puerta, se volvió y se acercó a mi cama con tanta presteza y buen humor como si por fin oyera una buena noticia en este valle de lágrimas. Se inclinó hacia mí.

—¿Le gusta? —preguntó, y sus ojos azules destellaron tras los anteojos con un interés travieso.

—¿Que si me gusta? —Reflexioné un momento—. Pues no lo sé. Últimamente no me gusta nada ni nadie. Lo decía por decir algo... porque de verdad es muy bella.

—Lo es —asintió el profesor—. Y es una pena que no le guste. No me malinterprete, conozco bien la rectitud moral de las monjas. Cherubina no es una santa, porque es una mujer, pero tampoco descarto que un día llegue a convertirse en beata o incluso santa. Posee una especie de fuerza silenciosa. Una fuerza femenina, sí, pero a veces se purifica maravillosamente en estas criaturas. Y vea, si a usted le gustara Cherubina, tal vez su recuperación iría más rápida. Ahora se ríe, claro. Me considera un viejo alcahuete, ¿eh? Uno que en aras de la salud le viene con propuestas indecentes... No piense así. Conozco a Cherubina y creo que también lo conozco a usted, maestro. Su recuperación avanza por buen camino. Es usted un enfermo de primera clase —añadió—, pero está un poco apático, la verdad. A veces he llegado a pensar que debería dejar que la vida le tocara un poco más, pero, naturalmente, nunca le pediría que corteje a Cherubina o a otra mujer. Si es eso lo que deduce de mis palabras, se equivoca de plano. Y Cherubina se reiría con ganas si se enterara. No; se trata de otra cosa. —Se interrumpió y se acarició la barba con sus dedos largos y suaves—. Me gustaría que mostrara interés por algo o alguien. Veo que no lee... Lo comprendo. En su estado, los libros aún no lo motivan. Pero me gustaría que volviera a escuchar la melodía de la vida... ya sabe, la vida, que tiene esa voz tan especial a la que nadie puede resistirse. ¿Me hará el favor de tratar de escucharla?

—No entiendo —contesté—. ¿A qué se refiere?

—A la música —dijo—. ¿No le apetece escuchar música?

—No —contesté tajante—. No me apetece escuchar música de ninguna clase.

—¿Qué siente cuando se acuerda de la música?

—Náuseas.

Asintió con vehemencia, como si hubiera esperado aquella respuesta o detectado un nuevo síntoma de la enfermedad.

—Náuseas, sí. ¿Sabe lo que son esas náuseas? ¿Esa sensación de estar envenenado? Es la enfermedad misma. Hay un estado que los médicos llamamos *superpositio*, y consiste en que sobre una enfermedad se asienta otra enfermedad. Se acumulan varios estratos sobre una misma base. Guardar cama, sentirse enfermo, los tratamientos, el ambiente, todo eso no sólo cura... mejor dicho, no siempre cura. A veces también enferma. Este estado suele producirse en enfermedades de larga convalecencia. El cuerpo se afloja y el alma agrava esa flacidez. ¿Qué podemos hacer nosotros los médicos? Sólo Cristo pudo decir: Levántate y anda... Yo lo único que puedo recomendarle es que se esfuerce en vencer la enfermedad. En el fondo de la vida hay una especie de flojera, y ese vacío es la enfermedad. Yo sólo puedo darle tratamientos paliativos.

—¿Quiere que corteje a Cherubina? —pregunté con el codo apoyado en la almohada.

Se echó a reír:

—No creo que eso diera resultado. Cherubina no es la bella monja de los tiempos de Boccaccio, a la que sí era posible cortejar. Aunque es muy bella, desde luego, y la belleza siempre es un consuelo, aun cuando lleve el hábito de una monja. Vea, maestro, su enfermedad representa el caso límite en el cual el mal orgánico y las condiciones psíquicas se mezclan inextricablemente. Su enfermedad ha sido causada por una especie de envenenamiento y nada sabemos sobre ese veneno. Casi nada —aclaró con la escrupulosa minuciosidad con que siempre corregía sus palabras excesivamente categóricas: como quien no se resigna a las afirmaciones definitivas y cree en alguna clase de juicio superior—. Yo sólo puedo tratar las consecuencias físicas del envenenamiento. En eso estamos. Usted también ve que hacemos todo lo…

—¿Todo? —lo interrumpí con ironía involuntaria.

Los ojos le destellaron con el regocijo del experto que por fin ha desentrañado un síntoma oculto.

—Por supuesto, no todo —se corrigió—. Tan sólo lo que está a nuestro alcance. No desprecio la medicina y sé que lo que hacemos no es poco. Pero no es todo. El todo, maestro, es algo adicional que representa el verdadero equilibrio entre salud y enfermedad.

Nunca me había hablado así. Se lo veía vehemente, como si algo se hubiera encendido en su interior. En aquel momento era plenamente italiano, apasionado y retórico.

—Pero ¿qué es en concreto ese todo?

Alzó los hombros.

—Si lo decimos sonará a lugar común. Casi todo lo que conocemos con la fuerza del corazón y luego enunciamos con palabras termina siendo un lugar común. El todo quizá significa tener un vínculo real y esencial con la vida. Uno de mis profesores (un hombre parco en palabras) dijo una vez en el transcurso de una conferencia que la tuberculosis era una cuestión de carácter. No explicó las experiencias que había tenido al respecto. Entonces nos reímos, como si hubiera dicho una broma. Ahora que estoy envejeciendo, sé que dijo la verdad. El todo, maestro, es ese extra con que la salud vence a la enfermedad, con el que la actividad vence a la flojera latente en la vida y el universo; el todo es la creación, una corriente profunda que impregna a una persona cuando se encuentra con Eros. Porque Eros tiene mucha fuerza. No es más que una palabra, pero tal vez sea la que designa el sentido de la vida... Los antiguos, mis antepasados, los romanos y los antiguos griegos —añadió con modestia y gravedad, consciente de la importancia de sus antepasados—, lo creían así. Al hablar de Eros, desde luego, no me refiero a la pasión que vulgarmente llamamos erotismo o sensualidad. La sensualidad no es más que una manifestación de Eros. La labor creadora, las artes, la convivencia humana, todo está saturado de Eros...

pero no siempre. Y allí donde Eros no se manifiesta, la gente se vuelve sorda e inerte.

—O enferma —apostillé apoyado en la almohada.

Nos miramos fijamente, calibrándonos. Aquel hombre estaba sincerándose conmigo: ¿por qué? Hasta entonces sólo había sido un catedrático presuntuoso y paternalista, algo irónico. Ahora me estaba dando lo que había esperado que me diera todo el tiempo: familiaridad, aquella solidaridad cálida y franca que hasta entonces me había negado. Ahora hablaba de mí como persona, no del enfermo solitario de la habitación 7, al que por ser huésped del Estado italiano había que tratar con esmero. Por fin se dirigía a mí y no al ocupante circunstancial de una cama de aquel hospital. Asintió con brío:

—O enferma, exacto. Mire, maestro, ya he cumplido los sesenta. En la medida de lo posible trato de rehuir a los enfermos, porque no me queda mucho tiempo y uno se hace egoísta. Algún que otro día me gusta escuchar buena música (cuánto me complacería escucharlo a usted tocando el piano), por eso siempre que puedo desconecto el teléfono de mi casa por la noche. Algunos libros, unos discos de Mozart, breves paseos diurnos por las salas de los Uffizi, una conversación con alguna persona estimable: la vida termina siendo así de sencilla. Y así de exigente. Pero la profesión me persigue a todas partes, también a la soledad de la noche. Si no es el teléfono el que suena, llaman a la puerta. Y entonces tengo que levantarme y salir fuera, al mundo, porque la miseria humana llama sin cesar, con más fuerza que cualquier *fortissimo* musical, y también derrota al egoísmo del médico. Acudo a donde me llaman. Entro en una casa, en el dormitorio desaliñado de una vivienda desconocida, entre muebles y objetos que llevan impresos el sudor de una vida, miro alrededor y en la cama veo a una persona que gime. Ay, señor doctor, dice. Me duele el corazón, el estómago, el bazo, el hígado. ¿Cuál cree que es mi primera sensación al entrar en una habitación desconocida y ver a un extraño gimiendo?...

Me miró tan penetrantemente como si pensara en serio que yo, nada menos que yo, podría contestar a su cruda pregunta. Le contesté con otra pregunta:

—¿Qué siente entonces?

—Me viene a la cabeza una pregunta —contestó muy serio—: ¿cuál es la mentira que hay aquí? Me refiero a cómo la mentira de una vida ha llegado a traducirse en enfermedad. ¿Cómo se ha convertido todo lo que había en esa habitación, todo lo que había en el cuerpo y el alma de esa persona, en determinados datos clínicos: cálculos biliares, acidez gástrica, trombosis o...? ¿Me entiende?

—Le entiendo.

Y lo entendía de veras. Ahora entendía por qué se había alegrado cuando le había dicho que sentía náuseas al pensar en la música. Y también sentí que en ese momento —por primera vez desde nuestro encuentro— ya no me «trataba», sino que me «curaba», o sea que me ofrecía lo que yo había esperado ávida y silenciosamente: la verdad. Nos miramos tan penetrantemente como dos ladrones que al amparo de la nocturnidad se cruzan de pronto en una casa por desvalijar.

—La mentira que el día anterior aún se llamaba trabajo o deber, ambición o amor, o vida familiar —prosiguió—. Han sido necesarios miles o decenas de miles de días y noches para que en el interior de un cuerpo, en su sistema nervioso, en sus sentidos, esa mentira se transformara en una única realidad insoportable, hasta que un buen día el organismo, todo el individuo, anuncia con un gemido penoso que la mentira se ha convertido en una intolerable sensación de pánico. Grita que ya no soporta su entorno o su propia vanidad, o la rutina con que ha pretendido tapar el vacío de su vida, que ya no soporta la mecánica repetición en que se ha transformado el talento que un día le fue concedido por Dios. Y entonces sigue gimiendo y gritando, porque ya no aguanta la mentira transformada en enfermedad. Y siente náuseas, como si lo hubieran envenenado. Y en efecto, lo han envenenado con un veneno pertinaz y desconocido incluso por los curanderos de los Médicis o los Borgia... La vida es veneno si no creemos en ella, si ya no es más que un instrumento para colmar la vanidad, la ambición y la envidia. Entonces uno empieza a sentir náuseas, como...

—Como yo antes del concierto —dije con calma—. El mismo día que usted me trajo en su coche aquí. Y como desde entonces, cada vez que la música me viene a la cabeza.

Calló. Luego dijo con sencillez y seriedad:

—Sí, algo así.

—Pero es que no puede ser de otra forma —dije como justificándome—. El objetivo es la perfección.

Y a ella hay que subordinarlo todo, todas las experiencias de la vida e incluso la vida misma.

—Lo sé —murmuró. Y en voz queda añadió—: Debe de resultar horrible ser artista. Tal vez sea lo peor. Hasta los santos lo tienen más fácil... Ellos se elevan sobre sí mismos en una gran pasión, se abrasan... Pero el artista está obligado a seguir consciente hasta el último instante. De otra manera no es artista, sino un aficionado chapucero. El «gran momento» del artista es precedido por millones de momentos grises. E incluso en el gran momento, cuando llega a expresar lo infinito y lo divino, se ve obligado a permanecer sereno y lúcido, como un contable que suma cifras. Es así, ¿no?...

Hice un gesto afirmativo.

Guardamos silencio, hasta que yo pregunté:

—¿Y qué puede hacer usted, el médico, cuando en medio de la noche entra en una vivienda desconocida donde en forma de cálculo biliar grita la mentira de toda una vida? ¿O un talento amargado por el hastío y la monotonía de la existencia?...

Asintió con gesto recatado.

—Le palpo el abdomen. Le receto medicamentos.

Se puso en pie con tristeza y me apretó la mano entre las suyas. En ese momento no era médico; sólo un hombre mayor y agotado que se lamentaba de su propia impotencia.

—La música es el grado más alto de toda experiencia sensible —dijo—. Usted ha debido de vivir con excesiva sensibilidad, maestro. Me refiero a que ha vivido durante cuarenta años en concubinato con la música... Es algo que ni los dioses soportarían.

—Ni siquiera ellos —confirmé, agradecido por sus palabras comprensivas—. Es una relación difícil de soportar. Pero ¿qué puede ofrecerme usted a cambio de la música?

Abrió los brazos en un gesto típicamente italiano, como los artistas callejeros que terminan su espectáculo ante un público boquiabierto.

—Busque la vida —me sugirió, y rió, porque le hizo gracia la grandilocuencia de la frase. Y sin ninguna transición, añadió—: ¿Quiere ver su correo?

Nos observamos.

—No —dije. Pero al cabo de un momento, ni yo mismo sé por qué, pregunté con avidez—: ¿Tengo muchas cartas?

—Oh —contestó con aspaviento burlón—. Un montón. En la administración tuvimos que poner un empleado dedicado exclusivamente a seleccionarlas... Lo digo en serio —aseguró con irónica admiración—. Cartas, telegramas, múltiples manifestaciones de preocupación por su salud. El mundo suele mostrarse agradecido, maestro —añadió bajando la voz—. Sobre todo en los primeros tiempos.

—¿En los primeros tiempos? ¿Ya me han olvidado?

—No lo han olvidado, tan sólo se han cansado. Si Dios descendiera a la tierra, en tres meses también se cansarían de él. Al principio no queríamos molestarlo con la machacona y entrometida preocupación del mundo. Había de todo, maestro: periodistas, representantes de embajadas, teléfonos sonando día y noche...

Aquello me llamó la atención.

—¿También de las embajadas?...

—Sí, sí —confirmó con brío—. También las embajadas se han interesado por usted. Una sobre todo, en las primeras semanas, desde la capital de su patria, espere... ¿Quiere saber cuál era? Durante un tiempo llamaron todas las noches desde esa embajada.

—No —dije, y volví a sentir las mismas náuseas que cuando recordaba la música—. No quiero saberlo.

Me observó parpadeando rápidamente, y repuso con gentileza:

—Como prefiera.

Hubo un largo silencio, hasta que él agregó:

—Pero si cambia de opinión... creo que ya no hay ningún impedimento para que vea su correo. Yo, como médico, no se lo prohibiría.

Me incorporé en la cama y le pregunté súbitamente ansioso:

—Pero ¿qué tengo? Dígame. ¿Me curaré? ¿Estoy mejorando?...

—Creo que al final se curará —murmuró—. Pero desde ahora usted también tiene que ayudar. ¿Lo hará?...

—¿Cómo puedo ayudar? —Y apreté el puño de la mano enferma, con furia impotente.

—Ya se lo he dicho —contestó con tono formal—. Maestro, su alma está sana, pero su cuerpo ha reaccionado a una mentira, a una especie de intoxicación. Y yo ignoro cuál es esa mentira que se ha ensañado con su cuerpo y su sistema nervioso. La mayoría de las veces no llegamos a aclararlo. El enfermo muere o se cura, pero sobre la mentira no llegamos a saber nada. Piense. Piense con más determinación que nunca, con más determinación incluso que ante el piano en una sala de conciertos repleta. No puedo recetarle la vida en forma de medicamento. Un día se levantará de esta cama... pero sólo cuando quiera hacerlo. Debe querer hacerlo; de lo contrario, a partir de esta enfermedad le sobrevendrán otros estados patológicos de los cuales, a su vez, surgirán nuevas enfermedades.

Me miró con afecto, asintió con la cabeza y se fue. Me quedé largo rato tumbado en la misma posición. Cherubina vino a darme un huevo batido, luego Mattutina con el medicamento, y finalmente el barbero para afeitarme. Hacia mediodía llegó el médico asistente, desastrado y sin rasurar.

—¿Qué le ocurre? —preguntó con rudeza. Me cogió la muñeca para tomarme el pulso y me examinó los ojos.

—No lo sé —dije.

—Se aburre, ¿eh? —replicó, y disimuló un bostezo; por lo bajo silbaba una cancioncilla de moda, pero se interrumpió con súbito embarazo—. Me refiero a que ya lleva tres meses en el hospital.

—Sí, todo es muy aburrido —contesté—. Lo mismo opina el profesor.

—Ha estado aquí, ¿verdad? —preguntó como sabiendo la respuesta—. ¿Le habló de Eros?

—¿De Eros? —repetí, sorprendido—. Pues sí. Pero ¿cómo lo sabe?...

—Siempre sale con eso —contestó con hastío—. Si uno lleva tres meses en cama y no quiere morirse ni curarse, entonces le sale con la historia de Eros. ¿No le ha dicho que la tuberculosis es cuestión de carácter?

—Sí —contesté, y reí pese al rostro entumecido por la parálisis—. ¿También lo cuenta cuando alguien no quiere morirse ni curarse?

—Claro —asintió con la cabeza—. Trata de convencer a los enfermos de que se curen y se ocupen de su vida —dijo alzando los hombros—. Pero la cosa no es tan simple. Yo, por ejemplo, aparentemente estoy sano. Sin embargo, ignoro cuál de los dos está más cerca de la enfermedad: usted que lleva tres meses en cama o yo que esta noche voy a la Ópera…

Me dio la espalda y se acercó a la ventana.

—Perdón —dijo—. Discúlpeme por hablarle de mí mismo.

Había tristeza en su voz, como en ciertos acordes musicales. Me dio lástima.

—¿Qué le pasa?

—Mire —dijo con tono más vivaz, sin volverse—, en el fondo él tiene razón. El problema es que esas verdades no pueden aplicarse en la práctica. Como es médico, tiene recetas, medicamentos y palabras como Eros, envenenamiento y *superpositio*. Pero todo eso no cura.

—¿Y usted qué tiene?

—Ni la música, ni las artes ni el amor curan por sí solos —dijo, aún sin volverse, como quien preferiría hablar de otra cosa—. Ésas son cosas adicionales. La realidad que se denomina vida y salud es más y también menos que las experiencias extremas. La realidad es una especie de valor medio que hay que mantener a determinado nivel, a una temperatura constante... Si supiera cuál es ese valor medio, yo sería el mayor maestro, pedagogo y médico del mundo, el salvador de la humanidad. Pero no lo soy. —Se giró y me miró casi como un niño turbado. Rió con desazón.

—Usted es un chamán —bromeé—. Un viajero celestial. Así fue como lo expresó, ¿verdad?...

Soltó otra risita.

—Un chamán que desconoce el horario de las rutas celestiales. —Y empezó a examinarme—. De cualquier modo, maestro, confíe en nosotros. Ya le pondremos tratamientos de electroterapia... Aunque no espere demasiado de ello. En el mundo existen otras fuerzas, no sólo las inyecciones, el bisturí y las radiaciones. —Me miró las manos—. Extiéndalas.

Me examinó los dedos, uno por uno. Se encogió de hombros, como siempre que reconocía no tener respuestas y ser incapaz de ayudar.

—Sí, sí. —Me dobló los dedos como si fueran objetos formados por componentes móviles—. Excelente —dijo sin convicción, y se dispuso a irse.

Siempre era así: desatento y desaliñado, como si deambulara por un café vienés y no por las salas de un hospital. No prestaba atención a lo que yo le decía y luego, sin ninguna transición, de pronto mostraba un súbito interés, con la boca abierta, por mí o por mis manos, o por algún síntoma de la enfermedad. Un arrebato de furia me enardeció. Me senté en la cama y le grité:

—Pero ¿qué pasa aquí? —La voz me salió ronca de lo profundo de la garganta—. ¿Qué clase de timo es éste? ¿Por qué se va ahora si aún no me ha dicho qué tengo? ¿Y por qué vienen a mi habitación, usted y los demás, con ese parloteo sobre Eros, la vida, la mentira y el viaje celestial? ¿Qué pretenden? ¿Sabe cuál es la mentira? Pues que el ser humano sea capaz de ayudar a otro. ¡Basta ya!

Se detuvo en la puerta con los brazos cruzados y la cabeza ladeada, escuchándome impasible, sin una pizca de asombro.

—Creo que no tiene razón en todo —repuso en voz baja.

—¿Qué enfermedad tengo? —chillé, y me incliné sobre el borde de la cama.

—¿Insiste en oír un término latino? —repuso con calma, servicial.

—Eso ya me lo han dicho. —Y también crucé los brazos, ceñudo—. Pero aparte de eso, ¿qué tengo? ¿Por qué estoy aquí? ¿Por qué no me curo? Quiero irme a casa —dije, y de pronto me sentí infinitamente cansado. Me tumbé sobre las almohadas.

—No se vaya a casa —contestó solícito—. La situación aún no está clara.

—¿Qué es lo que no está claro? —pregunté—. ¿Cómo curarme?... En casa también puedo esperar a que se aclare.

—Usted, en realidad, no quiere irse a casa —dijo con tono profesional. Parpadeó y me miró inquisitivo.

Cerré los ojos y admití:

—Es verdad.

Me sentí en la antesala del sueño, como si por fin hubiera dado con la verdad y sólo quisiera descansar.

No, ya no quería irme a casa, a la música, a E., a mi anterior vida, no. Pero ¿adónde quería ir? ¿Hacia la muerte?

—¿Moriré? —pregunté.

Respondió con el mismo tono:

—Es hora de que usted también ponga de su parte. Yo ya he cumplido con mi obligación —dijo con modestia y me miró con tristeza—. Todos nosotros hemos cumplido con nuestra obligación —añadió como disculpándose.

Me sentí avergonzado.

—Es verdad —dije quedamente, también con humildad—. Pero ¿qué debo hacer ahora?

Se miró las manos: los dedos gruesos, las uñas cortas y amarillentas de nicotina.

—Debe curarse —respondió con sencillez—. Nosotros le hemos dado todo lo que está en nuestra mano: inyecciones, radioterapia, sangre, medicamentos. No queda nada más —anunció como un comerciante anunciaría que se le ha agotado la mercancía—. Sin embargo, usted no tiene razón en todo lo que dice. No es verdad que un ser humano no pueda ayudar a otro. ¿Me oye? —Alzó la voz—. Sólo el ser humano es capaz de ayudar al ser humano e infundirle ánimos cuando está en apuros. Eso es lo que he aprendido —dijo con voz ronca y vehemente—. Y no en la facultad, sino aquí, entre los enfermos, entre cientos de enfermos. Es falso que no se pueda recibir ayuda de nadie. Sólo hay que buscar a la persona adecuada cuando estamos solos y ya no queremos vivir. Ya sabe, al igual que se dona sangre a otra persona del mismo grupo sanguíneo...

No sólo se puede donar sangre. Se pueden dar otras cosas, cosas más importantes.

—¿Y dónde está esa persona? —repliqué.

Contestó severo, con indiferencia profesional:

—Ése es su problema.

Y se fue. A través de la puerta cerrada oí sus pasos cansinos y sus silbidos.

Esa conversación se desarrolló por la mañana; por la tarde me atenazaron dolores feroces. Me atacaron como una horda de demonios salidos de una pesadilla dantesca, con pinzas al rojo y tenazas candentes. Hacia medianoche me pusieron la inyección —le tocaba el turno a Mattutina—, y a las cuatro de la mañana volví a tocar el timbre. Acudió la bella Cherubina. Se inclinó sobre mí, compasiva. Le cogí la mano, no la retiró.

—No se puede, maestro —dijo—. El señor profesor lo ha prohibido tajantemente. Sólo podemos ponerle una inyección por noche. Le daré otra cosa.

—No quiero otra cosa —protesté—. Ya sabe que no hay nada que me alivie. Sólo eso.

—Lo sé —suspiró. Sus dóciles ojos castaños irradiaban un cálido fulgor—. Pero no debe habituarse —añadió—. Eso es lo que pretendemos evitar. ¿Sufre mucho?...

No tuve que responder. Le bastó con ponerme una mano sobre la frente. Era suave, la mano de mujer cuyo tacto siempre nos resulta familiar: manos así alzan a uno en el momento de nacer.

—Póngame una inyección más potente —le supliqué.

—Ya hemos aumentado la dosis —dijo con preocupación—. Es un proceso que se acelera con rapidez... No me lo pida, maestro. Tiene que curarse. Ya ve que nosotros confiamos en su recuperación, de otra forma le daría la inyección sin problemas, todo lo que quiera. Maestro, la dependencia es algo terrible... También para los médicos, cuando se hacen adictos —susurró con tono de confidencia—. Algunos incluso se la inyectan en el cuero cabelludo, para que no se vea. Y mienten, son capaces de todo. Hubo un médico asistente que robaba de la jeringuilla la dosis de los moribundos de cáncer y les inyectaba agua. No se puede, maestro... —Me acarició la frente sudorosa con su suave mano.

El dolor me quemaba como si me estuvieran echando agua hirviendo. Emití un sonido ronco, desesperado. Cherubina se inclinó sobre mí, alarmada. La puerta se abrió despacio y, enmarcado por la cofia, el rígido y viejo rostro de Carissima se asomó ansioso. Se acercó a la cama y también se inclinó sobre mí.

—Sufre mucho —susurró Cherubina.

—Ya lo veo —asintió Carissima.

Sus grandes ojos oscuros me escrutaban con mirada fría y dura. De las dos, Carissima era la extraña, la indiferente; así la veía yo. Me había enterado de que también era golosa, y de que delataba a las demás. Una vez Dolorissa la denunció ante la superiora por haberle robado unas medias de su baúl. Entonces Carissima pasó días y noches dando portazos, gritando su dolor al mundo. «Para qué querría yo esas medias zurcidas», rabiaba. Había algo engañoso y maligno en ella. Ahora me miraba con atención.

—¿Ya se ha acostado el médico asistente? —susurró a Cherubina, que asintió. Entonces se irguió y añadió—: Espera aquí.

Salió de la habitación y volvió rápidamente. Traía una jeringuilla. Cherubina no se movía, seguía sosteniéndome la mano.

—Sólo por esta vez —dijo Carissima con severidad y apartó la manta. Yo estaba en la piel y los huesos. Me clavó la aguja en el muslo con pulso firme. Cherubina me tapó.

Se quedaron observándome en silencio. La inyección obró un efecto rápido. El dolor se apagó, como cuando rocían agua sobre las ascuas. Cherubina se fue, pero Carissima siguió allí, los brazos cruzados y la frente arrugada, la mirada severa e incisiva. Me llevé el recuerdo de aquella mirada al sueño narcotizado en que me sumí. La dosis debió de ser muy fuerte, pues no desperté hasta media mañana. Pero el profesor no preguntó nada. El médico asistente me examinó con su habitual indiferencia.

A partir de entonces me pusieron la inyección todas las noches, a veces incluso más de una; nada más pulsar el timbre, acudía una monja para pincharme sin tener yo que pedírselo. Pasaba el día en una apatía displicente; sólo me sacaban del letargo los accesos de dolor. El profesor me examinaba con frecuencia y me recetó nuevas terapias, suero, otra dieta. Pero yo no comía y adelgazaba de manera alarmante. Ya sólo anhelaba la llegada de la noche, pues ésta nunca me defraudaba. La enfermedad me atacaba con el furor de un fenómeno natural que espera el instante más propicio —una fase lunar o una conjunción astral— para desplegar toda su fuerza. Aparecieron nuevos síntomas de parálisis, más graves que los anteriores. Yo los observaba con paciencia. El profesor ya no me hablaba de Eros y el asistente tampoco de la violación del orden cósmico. Me trataban con rigor, tenacidad y silencio, como cuando surge un grave peligro y ya no queda tiempo para tanteos ni experimentos: hay que proceder según las exigencias del momento. Ya era impensable que discutieran, que regatearan conmigo: me hacían ver y sentir que casi todo dependía de mí, podía pedir inyecciones, todas las que quisiera... En otra circunstancia esa tolerancia me habría asustado, pues los médicos sólo la consienten con los moribundos. Pero yo sabía que algo me pasaba, había llegado a uno de los momentos cruciales de mi vida y ya no se trataba de si mi estado era más o menos grave. Intuía que algo se había decidido.

Y ninguno de nosotros, los médicos, las enfermeras y yo, comentaba nada al respecto, como si nos hubiéramos aliado para cumplir una misión secreta y decisiva. Pero ¿cuál era? ¿La muerte? ¿La recuperación? ¿Simplemente una adversidad más? No discutíamos. Era como si en mi habitación se hubiera desatado una tempestad. Todo zumbaba, ondeaba, temblaba. Sabía que aquella noche algo había cambiado radicalmente. Tal vez los animales sean capaces de percibir así el peligro, de prever los grandes cambios de la naturaleza, las intenciones de las fuerzas celestiales y terrenales que influyen en su destino. Intuía que tras tres meses de enfermedad debía tomar una decisión. Algo me hablaba, y yo lo escuchaba con serenidad. A veces, en momentos de lucidez, recordaba el mundo. Me veía a mí mismo saliendo al escenario de una sala de conciertos. O entrando en un salón donde hombres y mujeres me miraban con expectación. O caminando con E. por el sendero de un bosque, y aquella desesperación entre nosotros. Y detrás de todo, la música. O despertando en París, en un antiguo hotel, frente a los Jardines del Luxemburgo: a través de la ventana veía las copas doradas de los árboles otoñales y sentía la cercanía del gran cuerpo de París. O en un viaje en barco rumbo a África; del agua azul grisácea emergían delfines; yo tenía cuarenta años y las estrellas perlaban el cielo. Todo ello lo veía como cuando se hojea un viejo álbum de fotos. Ya nada tenía que ver con la persona cuyo nombre llevaba y que había vivido aquellas experiencias; pensaba en mí mismo como si fuera un pariente o un amigo que se había mudado a las antípodas.

Comprendí que ahora me sucedía algo distinto de la enfermedad, la crisis, la degeneración, un interludio físico y espiritual. Comprendí que daba igual estar allí, acostado en aquella cama, que en la calle, ante un portal o en un hoyo. El profesor llamaba a aquel estado *superpositio*, pero nadie puede observarlo desde fuera. Estaba solo, encerrado en algo que ni siquiera aparecía en los manuales de medicina. Porque aquello ya no era vida, pero aún no era la muerte.

Comprendí que había renunciado a toda mano tendida, que me encontraba completamente solo; y que por tanto sucedería algo.

Me sentía tranquilo.

Una noche entró una enfermera —ya no me fijaba en ellas, me daba lo mismo quién se acercaba a mi cama— a ponerme la inyección. Me volví hacia la pared.

—Apague la luz, por favor —le pedí.
—Sí —dijo.

Una mano se movió, el interruptor sonó. La habitación se sumió en una penumbra sólo rota por la débil luz de emergencia, azulada y pálida. Entonces reparé en que había alguien junto a mi cama, inmóvil. Medio adormecido, le pregunté:

—¿Qué desea?

—Usted va a morir —dijo una voz de mujer, fría y severa.

—Ya lo sé —contesté.

El maligno y voluptuoso encantamiento de la inyección ya se difundía por mi organismo, velando mis sentidos con una suave neblina. A través de aquella bruma lechosa, la voz no me resultó familiar ni desconocida; no sabía cuál era de las cuatro mujeres que en aquellos meses poblaban los tormentos de mis días y mis noches. No tenía fuerzas para levantar la cabeza, abrir los párpados y mirar a aquella visitante que me hablaba con cruda sinceridad. La inyección me había traído el recuerdo de la música: advertía una especie de agitación —por primera vez en mucho tiempo— y oía una melodía de Chopin… Y sumido en esa dimensión nebulosa y ebria, volví a oír la voz de aquella mujer, una de las enfermeras.

—No quiero que se muera —dijo secamente.

Era una voz carente de todo sentimentalismo o aflicción, como si respondiera a alguien, como si pronunciara la conclusión final tras un largo debate mantenido consigo misma o con una fuerza desconocida. Y ya no volvió a hablar, como si aquello fuera todo lo que podía decir, como si se hubiera asustado de las consecuencias de sus propias palabras. Como cuando uno siente que ya no es él quien habla, sino el sentido profundo y oscuro de su destino, una especie de ley. Y ha decidido, queriendo o sin querer, obedecer a esa ley.

Yo yacía en una duermevela plácida y turbia. Con mis últimas fuerzas, sin abrir los ojos, logré balbucear:

—¿Por qué no quiere que me muera?...

Siguió un largo silencio. Uno de aquellos silencios que en la música precede a los desenlaces trágicos, al *forte*, esa pausa casi insoportable en que toda pasión terrenal o celestial se condensa en el silencio. Por primera vez para mí, el arte y la vida se fundieron en ese silencio; comprendí entonces, con un pie casi en el otro mundo, que tanto en la música como en la vida existe una especie de contacto final, una última armonía matemática, y es precisamente en ese instante cuando la armonía se resuelve convirtiéndose en vida o en muerte... Esperé la respuesta de aquella voz fría y hostil. Y a través de los párpados cerrados me pareció ver una figura con los brazos cruzados, inmóvil, de rostro inexpresivo y ceñudo mirando por encima de mí, mirando las tinieblas, la nada, esa otra dimensión donde no ven los ojos sino el alma. Todo eso lo vi o me pareció verlo; pero aquella figura no tenía rostro. Como un severo ángel nocturno, se alzaba en medio de la oscuridad sobre mi destino. Y no respondió a mi pregunta.

Así pasaron los minutos, tal vez una hora... Me dormí. Me despertó de madrugada una criada que se atareaba ante mi puerta. Abrí los ojos, vi las primeras luces del alba y comprendí que...

4

Aquí, a mitad de página, se interrumpe bruscamente el manuscrito. En la página siguiente, escrita con una caligrafía agitada y desordenada, de letras más grandes que las anteriores, se lee lo siguiente:

La razón no es nada. La pasión lo es todo. Tal vez sea eso lo que Goethe denominaba Idee, *así como Platón y los demás, que sabían que el sentido de la vida es la pasión que reluce tras las formas. La pasión es más que el mero placer. Pero esto no se lo puedo decir a nadie. Tal vez si todavía la música...*

Así finaliza el añadido. El resto de la página está en blanco. En la siguiente, la historia continúa con la misma caligrafía menuda y uniforme de antes.

5

... Todos los días me bañaban a las nueve; cada mañana lo hacía una hermana distinta, aunque la mayoría de las veces se encargaba la bella Cherubina. Me agarraba del brazo, me sostenía y, más que acompañarme, me llevaba al cuarto de baño, donde me desnudaba y me ayudaba a meter en la bañera, mejor dicho, me metía en la bañera con sus fuertes brazos. Luego se remangaba el hábito, cerraba la puerta y se disponía a bañarme con triste familiaridad.

Aquella intimidad ya no me resultaba novedosa; no tenía que habituarme a ella, porque había nacido de la natural necesidad que surge en ciertas situaciones. Se inició en los primeros días de la enfermedad, cuando yo estaba medio inconsciente, y más tarde, al ir mejorando mi estado general y volver el control de la conciencia, ya me parecía una situación natural, habitual, que no significaba nada extraordinario para ninguno de los dos. En aquel estado la palabra «pudor» me resultaba tan desconocida como un término de una lengua extraña e incomprensible. El pudor sólo existe donde hay deseo y remordimiento; pero la enfermedad había matado en mi cuerpo el deseo y me había despojado del remordimiento. Para la bella Cherubina, mi cuerpo desnudo no era un cuerpo masculino que pudiera despertar deseos secretos en una mujer joven, al igual que para mí la situación —mi desnudez en el agua del baño, entre los brazos de una mujer bella y joven— no significaba más que la enfermedad, la invalidez, el tener que valerme de una enfermera para limpiarme las escorias del organismo. Así me bañaba, cada mañana, una de las cuatro hermanas, la mayoría de las veces, como ya he dicho, Cherubina, a quien por alguna razón solía tocarle el turno matutino.

¿Qué significaba la palabra «pudor» para nosotros cinco?... ¿Puede revelar el cuerpo humano sus secretos a otras personas de una forma más inerte que la enfermedad, que me ponía a merced de aquellas cuatro criaturas femeninas, a mí y a todos los hombres y mujeres que ocupaban y habían ocupado las habitaciones y salas del hospital? ¿Puede haber cortesanas que sepan más sobre el cuerpo de lo que sabían la bella y virginal Cherubina, la rigurosa Carissima, la ceremoniosa Mattutina o la maliciosa Dolorissa? Los baños, las inyecciones, las acusaciones y las exigencias inconscientes de los organismos torturados, el olor acre de las secreciones corporales, la confianza plena e incondicional con que los cuerpos enfermos revelan sus secretos ante las enfermeras: ¿puede haber entre hombre y mujer, entre hombre y hombre o mujer y mujer, incluso entre madre e hijo, una situación humana más íntima, más incondicional, más sincera que la de mi cuerpo ante aquellas cuatro mujeres? ¿Es posible imaginar que los amantes, cuando cesa la fusión buscada en el placer y la unión carnal, no se guardan algún secreto corporal, en la luz o la oscuridad? Las fantasías más mórbidas, las perversiones y los deseos sexuales descritos en los libros de psiquiatría desconocen la confianza que se forja entre un cuerpo enfermo y la persona que lo cuida. Porque los perversos, los insaciables, los impotentes, los que traspasan todo límite moral y estético, de algún modo, en algún detalle, se esfuerzan por conservar su personalidad; ése es el secreto que los diferencia, a lo que no renuncian, lo que son ellos y lo que los distingue de los demás. Pero el cuerpo enfermo no tiene secretos. La necesidad de evacuar, el dolor, la incapacidad, es un estado más desinhibido que la desnudez voluptuosa de los amantes, que la tierna unión entre madres e hijos; esta intimidad sobria y triste sólo puede surgir entre el enfermo y su cuidador. La enfermedad es un estado ancestral que desconoce el pudor. A veces me preguntaba si aquellas cuatro mujeres habían dejado realmente de mirar el cuerpo humano con ojos de mujer. En ocasiones creía que sí. No eran pudorosas ni mojigatas, tampoco se escandalizaban; tras su atuendo de monja tenían almas vivaces y sentidos alertas. Tras su seriedad notaba a veces ironía, tras su profesionalidad un buen humor pícaro. Y no se ofendían por un comentario burlón o una insinuación lasciva. Conocían de sobra el infierno del cuerpo, se orientaban bien entre sus miserias y horrores. En los meses anteriores nunca se me había ocurrido que aquellas criaturas que me bañaban, me adecentaban, me daban de comer y se encargaban de las necesidades de mi cuerpo medio inválido, pudieran ver mi miseria de otra forma que no fuera con distante objetividad. Aquella familiaridad profunda y triste no tenía nada de sensualidad... al menos eso pensaba yo. Pero la mañana que siguió a la noche en que aquella voz pronunció junto a mi cama «no quiero que se muera» y Cherubina, como tantas veces, lavó mi cuerpo enfermo e inerte en el agua del baño, sentí por primera vez una especie de pudor.

Ella me tendió la toalla con inusual rapidez y preguntó con la voz inocente de un niño y un ángel:

—¿Es que no se encuentra bien, maestro? ¿Estaba muy caliente el agua?...

No, en aquella voz no había ni rastro de remordimiento. Era la melodiosa voz de una campesina, apacible y sincera. Hice un esfuerzo, me puse en pie en la bañera, le di la espalda y dejé que me cubriera con la toalla. Empezó a restregarme y secarme con sus fuertes manos y, como de paso, me preguntó con ligera cortesía:

—¿No ha dormido bien? ¿Ha tenido mala noche?...

Analicé su voz con los ojos cerrados y el oído de un músico que conoce minuciosamente el valor de cada tono y sonido. Intenté comparar la voz de mi duermevela con esa diurna, pero no aprecié ninguna semejanza. La voz de Cherubina sonaba, como siempre, tranquila, amable e indiferente. Por un instante pensé: Es una mujer joven y bella, y por tanto una actriz, una actriz que interpreta su papel a la perfección. Pero no nos miramos a los ojos. Ella acabó de secarme el cuerpo con la gruesa toalla, me puso la camisa de dormir y me ayudó a calzarme las zapatillas. Luego preparó el colutorio.

—He tenido una noche extraña —le dije de pronto, casi agresivo—. Gracias a usted.

—¿A mí? —Colgó la toalla en la percha y me miró, en su bello y sumiso rostro una sonrisa pura—. Se equivoca, maestro. Anoche no tuve turno.

Seguía con sus quehaceres con absoluta tranquilidad, como si hablara de cosas intrascendentes. Intuí que se veía obligada a mentir, y me invadió un calor extraño, como cuando la sangre vuelve a una extremidad dormida.

—¿Quién tenía turno anoche? —pregunté, también tratando de sonar indiferente.

—No lo sé. Tal vez Dolorissa. ¿O Mattutina?... —Ladeó la cabeza e hizo cálculos—. Hoy es martes. Si le interesa, maestro, enseguida lo averiguo. Carissima seguro que no... la pobre está muy enferma —añadió bajando la voz—. Hay días que no puede ni levantarse de la cama. Pero no se lamenta, por amor a Cristo —agregó mecánicamente—. Aunque tal vez fue ella. Por favor, maestro. —Indicó que ya estaba preparado el colutorio y todo lo que aún quedaba del aseo matutino.

—No es necesario —dije, y me puse en pie con esfuerzo—. No pregunte nada.

—¿Por qué? —Y se inclinó sobre mí con confianza pueril, ávida de chismes. A todas les gustaban los chismes, a su manera piadosa, dentro del reducido mundo en que vivían—. ¿Algún problema? ¿Quiere que se lo digamos al profesor?

—Qué va —repliqué y empecé a peinarme—. He tenido una noche excelente. No le diga nada a nadie y no pregunte nada.

—Como quiera —dijo sumisa.

«Miente a la perfección», pensé.

Por la tarde, el profesor convocó una especie de consejo de emergencia en mi habitación: llamó al médico asistente, a un internista y al jefe de la unidad de neurología. Pero no me examinaron, se limitaron a permanecer alrededor de mi cama, observándome en silencio. Luego se fueron. Poco después volvió el asistente con la habilidosa Dolorissa y me puso una inyección estimulante, creo que de cafeína. Su seriedad y silencio revelaban que estaban preocupados. Ignoraba qué habían decidido, pero desde aquel momento nunca me dejaron solo en la habitación: a todas horas del día una monja velaba junto a mi cama; se alternaban en turnos de cinco o seis horas. Médicos y enfermeras controlaban mi pulso cada hora o a veces con mayor frecuencia; en ocasiones, el profesor aparecía durante la noche y me cogía la mano en silencio.

Sin transición alguna había empezado una nueva etapa, sí, la enfermedad sin síntomas aparatosos: el final. Y en aquel plácido silencio, en aquella inmovilidad dócil e indolora en que había desembocado la fase tempestuosa, sólo sentía que ya no necesitaba nada; las inyecciones eran igual de superfluas que los medicamentos. Me rodeaba un silencio melódico, como el *andante* en que se diluye la tensión de los movimientos anteriores. Oía aquella música sorda, aquella armonía austera y profunda, en la que todo cobraba sentido, todo lo que había ocurrido en mi vida. Y sabía, al igual que los médicos y las enfermeras, que ahora no se trataba de «enfermedad» ni de «salud», sino simplemente de que ya sobraban los medicamentos y las terapias, que había llegado la quietud. Y yo deseaba morirme.

Y en aquella quietud oía los latidos de mi corazón; miraba al asistente o al profesor en silencio, los veía acercarse a mi cama, cogerme la mano flácida, y sentía el diálogo de sus dedos con mi pulso. La arteria palpitaba tranquilamente: la fatiga que se había diseminado por mi cuerpo era general y uniforme. Era un flujo lento y profundo; no sólo tenía la mano cansada, no sólo me sentía fatigado para comer y dormir, no sólo se me dormían las extremidades en aquella extraña inactividad interna, sino que todo el cuerpo parecía haberse cansado de pronto, como tras una gran lucha o una marcha extenuante. Y aquella lucha o marcha no era la enfermedad, sino la vida entera. «Reposaba» de veras. No echaba nada en falta, no deseaba nada, me sentía tranquilo y de buen humor. Si aquello era la sensación que precede a la muerte, la muerte no debe de ser tan desagradable; aunque es verdad que había visto y vería a moribundos inquietos, jadeantes, que aterrados por la muerte luchaban con una ansiedad excitada, boqueando y protestando... A mí aquella fuerza me llegó mansamente, con el disfraz nebuloso del silencio.

Comencé a comprender que todo lo que me había atado a la vida era humo y niebla; en aquel momento estaba empezando para mí otro tipo de realidad.

Había alguien que no quería que yo muriera.

¿Se puede notar, percibir una energía que carece de toda manifestación mensurable? Que no puede medirse ni fotografiarse. Instrumentos de toda clase registran y prueban la existencia de radiaciones invisibles; pero en mi caso no se trataba de radiaciones sino de algo distinto. ¿Qué era aquella energía?

Además, no fluía con la misma intensidad. A veces se imponía aquella otra voluntad que me había inundado el cuerpo, el alma y la conciencia: el deseo de olvidarlo todo y sumirme en un sueño cada vez más profundo... La extraña fuente que me transmitía aquella fuerza vital a veces se cansaba, irradiaba de manera débil e incierta. Entonces los médicos se afanaban más alrededor de mí, me tomaban el pulso con preocupación, esgrimían las jeringuillas, aparecía Dolorissa, ceremoniosa, con los estimulantes en la bandeja de níquel. Yo observaba en silencio y respiraba débilmente; como un buzo que en las profundidades marinas siente que arriba, en la superficie, en la cubierta del barco, el tanque de oxígeno y el generador que alimentan cables y tubos no funcionan a plena potencia y a él, al buzo, no le llega aire suficiente: los pulmones se le encogen, el corazón empieza a palpitarle con fuerza. En efecto, había un tubo invisible que unía mi vida con aquella fuente de energía que funcionaba cerca de mí y se encargaba día y noche de que no cediera al deseo de morir.

Las enfermeras guardaban silencio. Nos observábamos sin pronunciar palabra. Aquel duelo invisible —lejos de la razón y la realidad material— se desarrollaba en la dimensión de la existencia; y yo no lograba descubrir quién era mi aliada secreta. Deseaba que fuese Cherubina, pero podía ser cualquiera de las otras tres... Me limitaba a observar en silencio desde aquella especie de hoyo similar a una tumba en que me encontraba. Quería captar algún gesto, alguna señal involuntaria. A veces la señal tenía mucha fuerza y a veces era apagada, como una luz que se diluye, un sonido que se desvanece; y en contadas ocasiones era estridente, casi me quemaba... Otras veces me parecía notar algún indicio: Mattutina me miraba de manera distinta; o Cherubina se sentaba cabizbaja a mi lado y desgranaba su rosario medio adormecida; o Carissima, la enferma, velaba junto a mi cama con una sonrisa mecánica, con la habitual indiferencia de su rostro indescifrable; pero para Dolorissa yo seguía siendo lo que siempre había sido: un ejemplo de vanidad humana que sufría tras la puerta de una habitación numerada. Yo las observaba ya desde la otra orilla.

Aquellos días no me recuperaba, pero tampoco me moría. Vivía sólo en el sentido médico de la palabra, pero no en el estado en que un organismo desea permanecer en la tierra, entre peligros y refugios tranquilizadores, como son las ciudades, el amor, las plantas y la música. Yo ya no vivía así, y el profesor había renunciado a mí.

En aquellos días, los restos de conciencia que aún pervivían en mi cuerpo moribundo se empeñaron en una labor de espionaje. Necesitaba descubrir en cuál de aquellos cuerpos femeninos funcionaba la emisora que enviaba el mensaje de la vida hacia mi cuerpo inválido y en camino hacia la muerte. Porque era una fuerza femenina la que luchaba por mí, lo sentía, lo sabía; su naturaleza era tan inconfundible como el distinguir en sueños el tacto de una mujer del de un hombre. En términos musicales, era una fuerza *menor*, sus suaves ondas fluían y se esparcían con uniformidad. Pero el cuerpo femenino que me mandaba aquel mensaje se escondía tras una identidad y un disfraz, y durante el día no me ofrecía ninguna señal de cuál de las cuatro hermanas se había aliado conmigo con desesperada tenacidad. Desde el cobijo de la enfermedad las observaba como un animal herido de muerte. La energía estaba allí, pero ¿de quién emanaba? ¿Y por qué? Atendía a cada una de sus palabras, las espiaba durante la noche, en la penumbra morbosa que con sus tonos azulados cubría a la figura que velaba en silencio, esperando ver algún gesto, la repetición involuntaria de aquella voz nocturna. ¿Qué podía querer de mí, un hombre miserable y moribundo, una mujer? Sin duda, no aquello que un hombre o una mujer espera siempre del otro en cualquier situación o circunstancia: una relación sexual. Me resultaba inconcebible que, en un arrebato de locura, una de las cuatro monjas se hubiera enamorado de mí locamente y que reanimara lo poco que me quedaba de vida con la voluntad de un amor tan grotesco. Aquellos días aprendí que todo lo que sabemos sobre los motivos que impulsan a los seres humanos a relacionarse es puro lugar común. En la mayoría de las ocasiones estos impulsos asumen una forma vulgar, cómoda, como si se presentaran en albornoz: sexo, desnudez, placer. Pero todo ello es simple camuflaje, manifestación enmascarada de algún fenómeno muy profundo que sólo en ocasiones asoma a la superficie... Toda relación humana íntima —amistad, amor, e incluso los extraños vínculos que unen a dos adversarios en la vida y en la muerte— se inicia con ese toque mágico; como si uno sintiera la realidad del sueño: en la multitud, entre desconocidos, de súbito te llega una mirada, una voz, y te mareas como si ya hubieras vivido aquella misma experiencia, como si supieras de antemano todo lo que va a suceder, tanto las palabras como los gestos; y todo ello es la realidad más profunda, más definitiva, pero al mismo tiempo parece un sueño... Así se inician las grandes relaciones humanas. Y en aquellas circunstancias volvía a sentir ese toque —quizá por última vez, alguien se me había acercado al borde del abismo, nuevamente volvía a «encontrarme» con alguien—, esa solemne realidad onírica que ya había vivido una vez. Pero ¿cuándo? Entonces lo supe: al encontrarme con E. cuatro años atrás.

Y finalmente empecé a comprender, como el que despierta y trata de orientarse en la oscuridad, que pese a todo ella había sido la mujer de mi vida. En realidad era menos pero también más de lo que la gente suele denominar relación amorosa. Aquella pasión carecía de los recuerdos confidenciales del cuerpo, pues E. estaba enferma, era una mujer frígida, una tullida bella y angelical. Sin embargo, yo la amaba. Y durante las largas noches en que me animaba sin cesar aquella fuerza misteriosa, acabé de comprender que E. —otra persona enferma— seguía viviendo en mí. Y una y otra vez me volvía el recuerdo de la primera vez que la había visto: en el pomposo pasillo de la Ópera, durante un entreacto, en una tertulia alrededor de una mesa, vestida con un escotado traje blanco, brillando entre los congregados con todo el esplendor de su cuerpo nórdico, con un cigarrillo en la mano y envuelta por la bruma de la marea de los Nibelungos... Nada más verla la había conocido, como si la hubieran señalado para mí; y ahora por fin comprendía aquella palabra extraña, el sentido real de «conocer», lo que no es otra cosa, incluso según la Biblia, que la unión amorosa. En la Biblia, el hombre y la mujer «se conocen» al sellar sus vidas con la palabra y el gesto del amor: y este «conocerse» es lo máximo que puede ofrecer un ser humano a otro. En alguna parte, en alguna ciudad extranjera, E. seguía viviendo para mí. Ya nada sabía de ella, tan solo lo esencial, que estaba viva y que, mientras yo viviera, aquel cuerpo frío y aquella alma ardorosa seguirían siendo un recuerdo noble para mí. ¿Dónde estaría ella en aquel momento? En otoño se disponían a irse a Grecia... Sólo tenía que extender la mano, pedírselo a la enfermera de turno, y me habrían subido mi correspondencia, en la que sin duda encontraría alguna carta o telegrama que despertara el recuerdo de E... La ansiosa expectación que impregnaba los encuentros de aquellos cuatro años, la excitación que ardía en el deseo disfrazado de amistad, aquella pasión latente, aquel extraño sentimiento más parecido a la tristeza que a la lujuria, en el que la pasión traducida en música se transformaba en un dúo tan excitante como extenuante, en una melodía de preguntas y respuestas. Sí, durante aquellos días extraños, tumbado en aquella cama, volví a sentir esa misma expectación y excitación. Volví a sentir, por última vez, aquella ansiosa curiosidad que sólo se siente en la etapa inicial de un amor al cual uno se entrega sin reservas. Otra vez oía una voz. ¿Qué pretendía? ¿Amor? Imposible. No podía darse algo tan ridículo y absurdo entre un hombre enfermo y viejo y una mujer desconocida. Sin embargo, por muy absurdo que pareciera, sabía con todas las células sanas y enfermas de mi cuerpo que una mujer quería algo de mí.

Y en mi cama la vida se llenó de energía y excitación. Porque las palabras de aquella noche habían sido una confesión; penosa pero determinada: la confesión que se susurra a una persona del sexo opuesto. Cuánto habría vacilado aquella mujer para entrar durante la noche en mi habitación... Pasaban los días y las noches, y en el recuerdo me parecía percibir con claridad creciente el afecto incondicional que contenían aquellas palabras. Y como ya era viejo y la enfermedad me había envejecido aún más, estaba suficientemente maduro para sentir toda su fuerza y magnitud. Porque las palabras que los jóvenes se susurran, el balbuceo jadeante con que hombre y mujer se confían sus ardorosos secretos, todo ello me parecía ahora un farfullar primitivo, después de haber vivido, tras tantas declaraciones, tanta mentira, tanto entusiasmo e ilusiones, el instante en que, a través del cuerpo, un alma llama a otra para que vuelva a la vida... Sabía que aquello era un milagro; el único milagro posible entre seres humanos.

Así pasaron seis días. Y entonces decidí no morirme.

Después de graves crisis, la recuperación se produce con el mismo ímpetu que la enfermedad. Una noche me dormí profundamente —aquel curioso juego del escondite ya duraba mucho, el cuerpo se cansaba y no podía prestar atención permanente a quién velaba junto a mi cama— y por la mañana desperté sintiendo que... Las palabras exactas siempre faltan cuando hay que dar parte de los cambios esenciales de la vida. ¿Desperté sintiendo que «me había curado»?... No lo diría. No me había curado de la noche a la mañana, simplemente había dejado de pertenecerle a la muerte. Y la enfermera que fue a relevar a Carissima —había sido la hermana enferma quien había hecho el turno de noche— lo notó enseguida. Fue el rostro amable y amigable de Cherubina el que me saludó aquella mañana.

—Maestro —dijo y juntó las manos con el entusiasmo de una colegiala—, ¡ahora sí se pondrá bien!

Lo dijo con la seguridad del que sabe evaluar con precisión el peso de cada síntoma, viendo en mi mirada y mi expresión que se había producido un desenlace feliz, que algo había sucedido, algo que todos esperaban pero en lo que ya no todos confiaban. Escuché aquella manifestación de júbilo y parpadeé con aire astuto, como el que sabe algo pero prefiere no hablar aún... Callé con la parsimonia de los enfermos, porque yo también sabía, con todo el cuerpo y el alma, que la noche anterior se había producido aquello sobre lo que llevábamos meses discutiendo sin palabras.

La recuperación fue brusca. Aquella mañana el profesor llegó antes de lo habitual y, naturalmente, no juntó las manos con devoción como la piadosa y amable Cherubina; simplemente se paró junto a mi cama y se puso a liar un cigarrillo, mientras me echaba miradas de soslayo. Siguió un rato así, espiándome y rumiando sus dudas, hasta que al final esbozó una sonrisa que le iluminó el rostro. Entonces pude ver toda la bondad de aquel hombre. No era una sonrisa de alegría circunstancial, tampoco de mera satisfacción profesional, sino más bien de júbilo absoluto e inmediato, como cuando en la penumbra desesperada de la vida uno divisa una luz que sabe vaga y efímera pero aun así se alegra... No dijo nada, simplemente me apretó la mano y se fue a paso rápido, como si no quisiera que los demás vieran su emoción.

Pulsé el timbre y pedí el correo. Poco después un empleado sonriente me trajo un paquete voluminoso. El mundo no se había olvidado de mí. Todos habían intentado ponerse en contacto conmigo a través de cartas, postales, telegramas, mensajes telefónicos fielmente trascritos: todos, amigos y enemigos, músicos y melómanos, conocidos y desconocidos. Una cálida oleada de gratitud se difundió por mi cuerpo agotado.

Fui revisando la correspondencia en orden cronológico, abriendo los sobres que contenían mensajes impresos o manuscritos. Discípulos o desconocidos que sólo me recordaban de las salas de conciertos, anónimos periodistas que daban parte de mi enfermedad en notas que casi eran necrológicas —qué satisfacción más perversa sentí al leerlas—, y amigos cuyo afecto había disminuido en los últimos años a la hora de acompañarme en los momentos del éxito, se hicieron oír al ver que me rondaban los enviados de la ruina y la adversidad. Todos preguntaban por mí con tacto ampuloso o con altiva y fría cortesía: el mundo al que pertenecía había querido ponerse en contacto conmigo. Y yo me sorprendí al ver lo grande que era. En un mundo al que la guerra había dividido en estamentos y facciones que se odiaban, aquel cúmulo de cartas demostraba la existencia de otro mundo, más humano y solidario, más culto y sensible. Y eso era una realidad tanto o más intensa que las terribles noticias sobre la guerra: la realidad de que una persona en grave peligro despertaba la compasión del prójimo, incluso en medio de un conflicto en el que morían cientos de miles por obra de una maquinaria bélica moderna y despiadada. El profesor tenía razón: aquel montón de testimonios de fervorosa solidaridad me emocionó... Y en un sobre oficial del hospital, aparte —como si una mano gentil hubiera evitado que aquellas cartas especiales se mezclaran con las demás—, encontré las cartas de E.

Pero no sólo sus cartas; también una escrupulosa lista de sus llamadas desde la embajada de X. Primero llamaron la noche del concierto —poco a poco mi conciencia volvía a reconstruir el pasado, ordenando días y fechas—, hacia medianoche, a la hora en que solía llamarme E., siempre que llegaba a casa. Después del concierto, por la noche, llamaron al hotel y seguramente la diligente telefonista pasó la llamada extranjera al hospital. Luego, durante dos semanas, llamaron todos los días con tenaz obstinación, según el testimonio de las notas escuetas: «La embajada de X se interesa por el estado del paciente.» Habían sido las dos semanas cuyas noches pasé hablando con el verdugo, aquellas semanas en que hicimos las primeras tentativas por conocernos. Por entonces, naturalmente, no dejaban que las noticias ni la correspondencia llegaran a mi habitación; pero ahora, al leer las notas, poco a poco recordé todos los tormentos de aquella etapa. Volví a ver y sentir los días y las noches en que había emprendido el camino hacia la muerte y dado la espalda a todo lo demás: la música, E., la gente, el mundo, mi vida anterior... Luego las llamadas se sucedieron con menor frecuencia, pero llegaron cartas, concretamente cuatro, en aquellos sobres alargados y de color marfil tan familiares, con la letra *E* fina, flexible, trazada con tinta azul en el remite; los mismos sobres en que aquella mano de caligrafía tan afilada me había enviado anteriormente noticias escritas en un francés, inglés o italiano nervioso, incomprensible para un extraño: lo primero que se le ocurría al despertarse por la mañana, el fragmento de un sueño o el bosquejo de los planes del día; más que una escritura, eran signos en clave morse de un alma sobresaltada. Aquella alma siempre estaba alerta, flotando entre deseos y temores, entre sueños y preocupaciones, y daba parte de ello con precipitadas misivas enviadas en sobres color marfil. ¿Qué mensaje mandaba ahora?... Los sobres descansaban en mi manta, no tenía prisa por leer aquellas cartas lejanas que habían perdido su inmediatez temporal... Sabía lo que habría escrito; conocía esa letra, la mano y el alma que la movía. Querría saber lo que me pasaba, excitada, asustada, asombrada, más tarde cansada, en tono amistoso, social, compasivo y triste... Aquella alma vibraba en la misma frecuencia que la mía y era perfectamente capaz de percibir todo lo que yo sentía en una sala de conciertos mientras interpretaba al piano la música de Chopin, pero el hermoso cuerpo en que brillaba esa alma estaba muerto para todo sentimiento y emoción, como el cuerpo sin vida de un ser legendario... Pensé todo eso mientras sostenía en la mano aquel ligero peso, las cartas de E., que me habían llegado desde una lejanía más profunda y oscura que la geográfica, desde la perspectiva de la enfermedad, del otro lado del abismo, y mi cuerpo torturado experimentó aquel leve temblor que no había desaparecido con el paso de los años: se producía en todos los encuentros, en el salón de E. o al verla en la calle; el temblor que me advertía de que quizá no era «amor» lo que me ataba a ella, de que quizá no amaba a aquel ser extraño y noblemente inválido, pero que sí había algo —algo que superaba la distancia, la enfermedad, el abismo entre la vida y la muerte— que me ligaba a ella tal como era, casada con otro hombre, en otro mundo, encerrada en su propia insensibilidad fatal y desesperada... Y me estremecí de nuevo, sintiendo las cartas de E. en mi mano.

Aquel temblor ya era señal de vida. Era la sensación familiar de la vida, que golpeaba como una fría descarga eléctrica. Me quedé largo rato así, inmóvil, con las cartas en la mano. A veces se asomaba una enfermera. Cherubina lo hacía con tacto, asomando su rostro sonriente por la puerta, y luego la sonrisa forzada de la pálida y enferma Carissima. Y al ver que por fin me ocupaba de algo se alejaban, elogiándome en voz baja porque, por una vez, ese algo no era la enfermedad y la muerte... Hacia las cinco de la tarde pedí un café bien caliente, abrí los sobres y leí todas las cartas de E. de un tirón. ¿Qué había escrito?... Uno siempre escribe lo mismo. Decía lo que me había imaginado y, en efecto, lo hacía en francés, inglés e italiano, tal como vivía, hablaba, soñaba, como me hablaba a mí y a los demás, también a su marido, aquel amigo sabio y tolerante. Me rogaba que volviera y me pedía perdón; ¿por qué?... Hablaba de mi enfermedad y de que era consciente de que ella, E., era una de sus causas; lo sabía todo sobre mí, pues la embajada de Italia informaba detalladamente a mis amigos sobre la evolución de mi estado; sabía que nuestra relación era la verdadera enfermedad sobre la que se había depositado aquel mal físico, como una formación patógena crecida sobre una extremidad... Escribía con ardor sobre su frigidez. Con infinita franqueza, decía que nunca había podido abrirse completamente y entregarse a mí. Con conmovedora sinceridad, decía que nunca había conseguido desnudarse enteramente ante mí.

Apasionadamente me revelaba que aún no conocía la pasión carnal. Y con el entusiasmo de la confesión más íntima, balbuceando —con el balbuceo de la mayor sinceridad—, me decía que a pesar de ello yo había sido y era el único capaz de despertar sentimientos en su cuerpo, en su sistema nervioso: yo, o mejor dicho la música que yo sabía extraer de un instrumento. Aseguraba que nuestra «relación» era morbosa, antinatural, pero que aun así estaba sometida a una ley, como toda relación plena entre hombre y mujer, y me pedía que aceptara aquella ley que tenía otros parámetros, unos fundamentos distintos de los que generalmente constituían la patria común de hombres y mujeres. Y en la última carta, fechada tres semanas atrás, decía que acababa de recibir malas noticias del hospital. Al parecer, aquella noche había percibido en la voz del médico de guardia qué graves peligros podían rondar una cama de hospital en una gran ciudad extranjera —describía la conversación con pocas palabras, y a mí me pareció ver la sonrisa tensa e irónica de mi extraño chamán, el médico asistente, al enviar, en medio de la noche y a cientos de kilómetros, noticias sobre un fenómeno tan turbio y sospechoso como era para él un enfermo y su enfermedad—, pero ahora que ella lo sabía todo y lo había entendido todo, me rogaba que le diera la espalda a la muerte, que volviera con ella, a la vida, a la música, porque no quería que me muriera, lo haría todo con tal que no me muriera; y si yo creía que ello ayudaría a que me curara y volviera lo antes posible, pues entonces ella se sacrificaría y me entregaría su cuerpo.

Eran las siete pasadas. Con la última carta en la mano, me senté en la cama como dispuesto a levantarme; era la hora de la visita vespertina del médico asistente y, en efecto, tras unos suaves golpes en la puerta, apareció su figura rechoncha. Me miró con ojos miopes y vio que me disponía a bajar de la cama.

—Perdón —dijo y se fue, cerrando la puerta con sigilo.

Apagué la luz y volví a tenderme. En mis oídos resonaban las palabras de aquella extraña carta amorosa, como una música sin melodía. Y como si de pronto comprendiese el significado secreto de las semanas anteriores, casi me puse a gritar en medio de la oscuridad. Sí, detrás de todo, de la enfermedad y la recuperación, estaba ella y sólo ella, E.; por fin lo entendía o me parecía entenderlo... Había sido ella, aquella amante tejida en mi imaginación y, sin embargo, más real que cualquier otra de carne y hueso, aquella aparición más que humana hecha de música y recuerdos, la causa de mi enfermedad y la fuerza, la energía que en las últimas semanas me había animado a vivir. Tenía que haber sido ella. ¿Cómo se me había ocurrido que podía ser una de las enfermeras quien me había ayudado?... No; había sido E. —la única criatura que conocía la causa real de mi enfermedad—, pero los nervios torturados de mi cuerpo la habían encarnado en una de las monjas que pululaban alrededor de mí... La realidad estaba allí, al alcance de mi mano —acaricié las cartas que yacían sobre la manta, en la oscuridad—, E. era la realidad. Sus sentimientos, su voluntad y su solicitud me habían devuelto a la vida. Encendí la luz presa de la excitación y releí las cartas, esta vez más lentamente, con mayor atención. Cuatro cartas, cuatro confesiones definitivas. Hablaban de todo lo que habíamos callado en los años anteriores, y el pudor, las reservas, los buenos modales, todo se disolvía en el ardor de una preocupación apasionada. Ella y yo, por primera vez, nos habíamos conocido y comprendido a través de la enfermedad. Toqué el timbre y le dije a la enfermera que acudió:

—Por favor, tráigame un teléfono. Aquí, a la habitación. —Y con voz ronca por la excitación añadí—: Dígale a la centralita que me pongan con Atenas, con la embajada de X.

—Enseguida —dijo una voz impersonal e incolora. Alcé los ojos. Era Carissima.

La comunicación se estableció hacia medianoche. Hablé durante veinte minutos: primero con E., luego con su marido y finalmente con un amigo común, consejero de la embajada, con quien habían pasado la velada, y otra vez con E., que siempre que podía le quitaba el auricular a su marido y al amigo común. Por fin, fue la centralita del hospital la que cortó la llamada: medio en broma y medio en serio, dijeron que el profesor lo había dispuesto así «por motivos terapéuticos». Naturalmente, fue el médico asistente, aquel chamán casero, quien lo ordenó. Poco después apareció en mi habitación, de puntillas y con su habitual desaliño nocturno, en bata y zapatillas; parecía recién levantado de su propio lecho de enfermo. Bostezó y se sentó en la butaca que había enfrente de la cama. Empezó a liar un pitillo.

—Dentro de una semana podrá irse —dijo.

La voz de E. aún resonaba en mis oídos, aquella vehemente voz femenina, atropellada y entrecortada de tan dichosa.

—¿Lo cree así? —respondí con los ojos cerrados.

—No sólo lo creo, sino que lo sé —dijo el chamán y volvió a bostezar—. Mañana empezará a caminar y pasado mañana se quejará de que las gambas no están frescas. La factura no le parecerá excesiva sólo porque no tiene factura, es nuestro invitado. Pero se devanará el cerebro pensando qué regalarnos al profesor y a mí. ¿Quiere mi consejo? Al profesor dele una partitura, con una calurosa dedicatoria. A mí deme dinero. —Miró las ascuas del cigarrillo con expresión grave.

—Será un placer —repuse con una risita.

—Hablo en serio, maestro —dijo con el tono del estudiante que advierte a su profesor sobre la seriedad de una petición insólita—. Siempre necesito dinero. Ahora que se va, ya se lo puedo decir.

Aunque tras decirlo bostezó, mi oído habituado a distinguir los mínimos matices percibió que, pese a su tono burlesco, entre cínico e irónico, hablaba en serio y en realidad se refería a otra cosa, no a que le diera dinero... Lo observé. No solía visitarme por la noche, era un hombre negligente y egoísta, después de medianoche sólo se levantaba para atender a los moribundos.

¿Qué pretendía aquel hombre en mi habitación a medianoche?

Siguió bostezando, rascándose y fumando. Me incorporé en la cama como el que acaba de despertarse.

Aquel hombre que siempre me hablaba en tono campechano, casi diría de tertulia, no me resultaba indiferente. No sabría decir qué esperaba de él, pero indiferente no me era.

—¿Fue usted quien ordenó al telefonista que cortara mi llamada? —le pregunté abiertamente.

—Sí. —Parpadeó.

—¿Por qué?

—Porque la conferencia le perjudicaba.

—¿Cualquier conferencia? ¿O esa conferencia?

—Ésa, precisamente ésa. —Y asintió como elogiando mi rapidez de reflejos.

—Pero ¿cómo puede decir que…? —repuse irritado, mas me interrumpió.

—Estimado maestro, tiene que aceptar que yo, como médico, sé unas cuantas cosas sobre un paciente al que he tratado a lo largo de su enfermedad. No conozco personalmente a su interlocutora, pero sé que usted se ha curado. Mejor dicho, que no le falta mucho para curarse. Y que no le conviene volver con esa mujer.

Lo dijo casi con impertinencia y rudeza: dijo «esa mujer», pero no me importó. Aquel hombre tenía el extraordinario don de pasar a hablar sobre lo esencial sin transición alguna.

—¿Por qué no debo volver con ella? —le pregunté con calma, mostrando interés.

—Primero —levantó un dedo manchado de nicotina—, porque uno nunca debe volver con una persona de quien se ha alejado definitivamente. Es una de las pocas reglas inviolables de la vida. Esta clase de vuelta atrás constituye un peligro mortal. Usted ha dejado a esa mujer y se ha despojado de todo aquello que proliferaba malignamente en esa relación. Ahora se encuentra aquí, casi recuperado del todo, en condiciones de regresar al mundo. Así pues, ¿para qué querría volver a la enfermedad? ¿Qué espera encontrar allí? Es una necedad —dijo tajante, y tiró la colilla al suelo.

Me apoyé sobre el codo y miré estupefacto a aquel hombre desaliñado.

—Pero ¿qué dice, señor? —le pregunté con tono mundano, dándole un buen repaso con mirada altiva, en la medida que me lo permitía mi posición yaciente y la relación entre médico y enfermo...

—Como prefiera —repuso tranquilamente—. Si lo desea, podemos hablar de música de cámara.

Su actitud era descarada y entrometida; sin embargo, no la percibí como tal. Simplemente consideré que estábamos hablando de cosas importantes. Traté de mantener el mismo tono afectado y le pregunté:

—¿Qué sabe usted sobre la persona a la que se ha referido como «esa mujer»?

—Ni más ni menos que lo que debe saber el médico del paciente en cuestión —respondió sin vacilar—. Insisto, si quiere puedo irme. O podemos conversar sobre asuntos neutros. Como la guerra. O el futuro de Europa. Disculpe que haya bromeado sobre un asunto tan serio —añadió repentinamente, y se inclinó hacia delante para mirarme a los ojos—. Esa mujer llamó muchas veces las semanas anteriores y en algunas ocasiones la atendí yo. Hablamos extensamente, porque ella quería saberlo todo sobre usted. Nos conocimos por teléfono. Sé muy bien quién es... pero no es asunto de mi incumbencia. Lo que me incumbe a mí, al profesor y al hospital, es verlo recuperado. ¿Debo explicarle que se trata de una gran responsabilidad? Usted no es un paciente cualquiera. Se lo digo en serio, maestro... No proteste, sería una hipocresía estéril. Usted es un músico, un músico de verdad, y ya queda muy poca gente de verdad... También hay pocos médicos, pocos médicos de verdad. —Se mordisqueó las uñas, pero al darse cuenta metió la mano en el bolsillo—. Perdón. Como le decía, esa dama era muy inquisitiva al teléfono —continuó—. Se preocupaba sinceramente por usted. Uno sólo se preocupa así por alguien si se siente responsable ante él. También hablé con su marido. Son excelentes personas, miembros de la alta sociedad que lo han visto todo desde arriba... En cambio yo, ya lo ve, vivo entre enfermos, orinales y esputos, y no puedo ver las cosas y a las personas importantes desde arriba. Usted es importante. Por eso insisto: usted puede curarse y abandonar el hospital dentro de unos días, pero no vuelva con esa mujer.

Se puso en pie con aire reflexivo y, acto seguido, se inclinó como excusándose.

—Perdone mi intromisión —dijo. Y se dispuso a marcharse.

—Espere —le dije—. ¿Acaso sabe usted lo que significa esa mujer para mí?

—La enfermedad —dijo con sencillez.

—Y tal vez la recuperación —repuse—. ¿No se le ha ocurrido?

Era una de esas conversaciones que muy raramente se dan en la vida: más allá de los buenos modales y las convenciones sociales, al borde del abismo. Aquel hombre desaliñado y de maneras desgarbadas siempre daba la impresión de vivir al margen de la tribu, lejos de las reglas sociales y de toda convención, pero cerca de todo lo humano. El profesor nunca se salía de la estrecha demarcación donde rigen las reglas admitidas, siempre se detenía en la línea fronteriza y, con una sonrisa cortés, observaba y esperaba. Pero el chamán, aquel médico excéntrico, desconocía las actitudes de gentil indiferencia.

—Eso sería homeopatía —dijo muy serio—. No se la recomiendo. Curar la enfermedad con la enfermedad... Es una concepción de la medicina que tiene célebres seguidores, pero yo no creo en ella.

Y de nuevo se dispuso a abandonarme. Levanté la mano.

—Si se ha animado a hablar —le dije—, hable en serio. ¿Por qué cree que esa relación puede perjudicar mi recuperación?

Se encogió de hombros.

—No debe volver con ella, maestro —repitió en voz baja, casi ronca—. Es la experiencia que tengo. Usted dejó esa relación... la cambió por la enfermedad. No debe volver. Es todo lo que puedo decirle. —Se desperezó y añadió—: Disculpe mi falta de tacto.

Se despidió con una reverencia. Nunca lo había visto así.

· · ·

El profesor también opinaba que podría irme el fin de semana.

Todo parecía tan sencillo como en una fábula: los primeros movimientos, levantarme por primera vez, caminar por la habitación, luego por el pasillo acristalado, entre los laureles. En el primer paseo me acompañó Cherubina; íbamos de un lado a otro cogidos del brazo, sonriendo, orgullosos a la luz primaveral.

—Como dos tortolitos —bromeó el médico asistente al vernos.

Y Cherubina sonrió feliz. Aquellos días todos sonreían. Y todas las noches sonaba el teléfono. «Le pongo con Atenas», decía la amigable voz de la centralita.

Ya nos conocíamos, la centralita de Atenas, la de Florencia y yo, postrado en una cama de hospital. Atenas me animaba en francés, con tono de confidencia personal me decía que enseguida se pondría la dama, que ya estaban llamando al número secreto. Y la centralita de Florencia conducía la familiar voz a mi habitación, con un servicial tono de alcahuete nocturno: «*Ecco, ecco* su cita, *signore*...» Durante una semana, todas las noches, entre las doce y la una, oí la voz de E. en mi habitación. Era una voz impaciente y tan próxima que me colmaba de felicidad. Al teléfono nadie era capaz de mostrarse tan íntimo, tan confidencial y, sí, tan sensual como E. Y mientras escuchaba aquella encantadora música humana y me dejaba transportar, sabía que aquella intimidad era uno de los síntomas más característicos de la enfermedad de E.: la capacidad de las mujeres frígidas de ser tiernas en la lejanía, sin cuerpo y sin consecuencias. Ésa es la única forma y la única posibilidad que tienen de sentir pasión, sin miedo y sin reserva. Todo eso lo sabía, pero no me importaba; cerraba los ojos y escuchaba aquella voz que me susurraba sensual, cálida y misteriosa. Y era así porque estaba lejos de mí. «Así eres tú —pensaba—. Está bien, continúa o cambia, lo esencial es tenerte, no perderte...» Y rogaba que la centralita no cortara la comunicación. Pero ésta era astuta: «Ya es suficiente», decidía Florencia con la desfachatez que da la confianza. Y Atenas la secundaba: *«Assez, cher Maître,* basta por esta noche.» Nuestra relación, aquella relación estimulante a través del éter, era de conocimiento público, se desarrollaba por encima de las fronteras nacionales en medio de la noche. Y naturalmente, no sólo sabían de ella en el espacio que se extendía sobre los países, sino también en el hospital.

¿Quién se había ido de la lengua? ¿El médico asistente? ¿El profesor o alguna enfermera? Quienquiera que fuera, todo el hospital, todas las salas estaban al tanto de nuestras citas nocturnas. Todos sabían que el ocupante de la habitación 7 se había curado, que lo llamaba una *donna* desde Atenas, una dama, una dama muy distinguida. Y también sabían —Cherubina me lo dijo al otro día de la primera llamada— que desde el hospital viajaría directamente a Atenas, donde me esperaban «con los brazos abiertos». Lo había dicho con buen humor, riendo; si en los días críticos de la enfermedad había sospechado que ella era quien emitía aquella «energía» vital, su risa jovial me convenció de que Cherubina nunca habría podido ser una enfermera distinta de las demás: me atendía con el mismo comedimiento impersonal, la misma misericordia cotidiana que ofrecía a todos los enfermos. Pero ¡qué me importaba ya Cherubina, qué me importaban los sueños morbosos y las obsesiones de la enfermedad! Detrás de todo había estado E. —lo sentía cada vez que colgaba el auricular, cansado y feliz—, y si había un milagro que me animara a vivir sólo podía ser la voluntad de E. Ella me había llamado a la vida desde aquel oscuro hoyo.

Sí, los cotilleos del hospital acertaban: al cabo de unos días me iría a Atenas, tal como lo habíamos arreglado E., su marido y yo; viajaría en avión, en el vuelo desde Roma. Y luego, de Atenas iría directamente a la isla de Corfú, donde E. había alquilado una casa en un rincón apacible, al borde de un suave acantilado con vistas al mar... Y todo refulgía con una luz maravillosa: el final del invierno, E. y Corfú en la lejanía, mientras se desvanecían las orillas de la enfermedad, desde las cuales volaría hacia una luz deslumbrante que me daría una felicidad tardía. Con el profesor decidimos que partiría el fin de semana, el sábado por la tarde. La administración tomó las medidas oportunas para que tuviera plaza en el avión. Yo ya me dedicaba a dictar cartas y me despedía del personal, agradeciéndoles sus atenciones y desvelos. El profesor lo contemplaba todo moviendo la cabeza en señal de aprobación.

—Lo examinaré por última vez, a modo de despedida —anunció en cierto momento. Cogió el teléfono interno y llamó al médico asistente, a Cherubina y Dolorissa. Y luego, mientras se lavaba las manos como preparándose para una operación, añadió para sí—:

Muy bien, se va de viaje. Por supuesto que se va de viaje. Y en avión. —Se inclinó sobre el grifo del agua caliente para enjuagarse las manos enjabonadas—. Así son los pacientes —le explicó al chorro de agua—. Se lamentan y te suplican, hasta que un buen día se curan y salen volando sin más, hacia la luz... Así son, qué remedio.

Hablaba como un anciano gruñón pero de buen humor. Yo también me sentía de buen humor mientras lo escuchaba refunfuñar. Luego añadió, torpemente:

—A la luz, como los insectos. —Se secó las manos con una toalla.

—No es el peor de los desenlaces —contesté sonriendo.

Ya me esperaba aquel examen final y me había preparado, como el buen estudiante que, consciente de que se ha aplicado, sabe que obtendrá una excelente nota. Me sentía plenamente recuperado. No imaginaba que una persona que se sentía tan sana y saludable tal vez aún no hubiese superado del todo la enfermedad.

No pensaba en nada que no fuera el sábado por la tarde, cuando un avión me llevaría a Atenas por encima del mar. Llegaron el asistente y las enfermeras. El profesor, como un director de orquesta, tocó levemente la cabecera de mi cama con el estetoscopio.

—Empecemos —dijo.

Me examinaron de la forma habitual y yo colaboré con la buena disposición de un enfermo experimentado. Me habían examinado muchas veces de la misma manera, en aquella misma habitación, en situaciones casi desesperadas, y ahora sentía una especie de orgullo torpe, porque el examen iba de maravilla y el cuerpo respondía a cada una de las preguntas del profesor, obediente y entrenado, como si hiciera un ejercicio de gimnasia. «Excelente», decía el profesor, y el asistente mascullaba satisfecho; «excelente», decían como se le dice al número uno de la clase —el estudiante de cuyas dotes los profesores no tienen la menor duda—, y me formulaban preguntas de mero trámite. El cuerpo respondía a cada una, y —lo que unas semanas atrás aún parecía imposible— el rostro, las manos y los pies satisfacían las expectativas del profesor. Me examinaron con hielo, con una sonda de agua caliente y con una aguja roma, y yo contestaba con un sí o con un no, pero siempre correctamente... «Perfecto», decía el profesor. Caminaba con los ojos cerrados con la misma seguridad y resolución de un vidente. Luego me levantó el brazo derecho y dijo:

—Bien, podemos estar orgullosos. —Y volvió a sonreír—. ¿No es así? —preguntó al asistente y enarcó las cejas, dando a entender que aquel examen estaba de más, era mera formalidad, un gesto de cortesía—. ¿No es así? —preguntó a las enfermeras.

Pero las enfermeras y el asistente callaban disciplinadamente, sin asentir ni negar, como soldados impasibles en presencia de su superior.

—Ésta es la mano... —continuó el profesor, y me levantó la derecha con dos dedos como si fuera un objeto— que ha regalado tanto gozo y esplendor al mundo. ¿Alguien puede entender algo así?... Es una mano igual a las demás...

Su tono era de afectuosa ironía, pero advertí que algo le llamaba la atención en mi mano. Sus ojos azules destellaron fugazmente, indicio de que mientras hablaba tan confiado había descubierto algo preocupante... Ahora tocaba uno de los ejercicios habituales: me pidió que separara los dedos de la mano derecha y los dejara inmóviles. Observó la mano alzada con la cabeza inclinada hacia atrás, atentamente, con los ojos entornados.

—Gracias —musitó, y se quitó las gafas para limpiar los cristales.

Por unos instantes que parecieron eternos nos quedamos así, sin hablar, sin movernos. El profesor con las gafas en la mano y la cabeza baja, el asistente y las enfermeras en una especie de rigor profesional, expectante, y yo con la mano torpemente levantada y los dedos separados.

—¿Todo en orden? —pregunté por fin y, turbado, bajé la mano.

Las hermanas recogieron el instrumental. El asistente se acercó a la ventana y clavó la mirada en el muro cortafuegos. El profesor terminó de limpiar las gafas y se las colocó. Me miró ladeando la cabeza, como si mi pregunta fuese una banalidad común que no merece respuesta.

—¿Perdón? —dijo por cortesía—. Sí, claro, todo está perfectamente en orden. Así pues, se va el próximo sábado... Pero aún nos veremos antes.

Me estrechó la mano derecha en gesto de despedida, aunque apenas la tocó. En ese instante intuí que con el pretexto del apretón de manos quería examinarme otra vez el dedo anular y el meñique.

• • •

Eso sucedió el jueves por la tarde. El viernes estuvo dedicado a la preparación de las maletas y las despedidas emotivas. Para las enfermeras hice comprar regalos en la ciudad. Cherubina se echó a llorar; Dolorissa se mostró áspera y altiva, pero agradeció los regalos; Mattutina se despidió con aire devoto, y Carissima, la enferma, se mostró lacónica y formal. Al médico asistente le entregué un cheque que se guardó sin pronunciar palabra, alzando los hombros. Me dijo que me acompañaría al aeropuerto. Si me hubiera fijado más, habría notado su embarazo. Pero pasarían semanas antes de que me sentara al piano y comprobase que tenía paralizados dos dedos de la mano derecha.

Entonces me preocupaban asuntos de otra índole. Al anochecer, Cherubina y una criada acabaron con mi equipaje; llegaron visitantes, dos altos cargos de la organización local del partido, caballeros canosos, barrigudos, luciendo camisas negras con condecoraciones. Eran corteses, pero con su juvenil y marcial disfraz parecían paradójicamente agresivos, como se imagina uno a un revolucionario entrado en carnes. Les agradecí la ayuda oficial que me habían brindado y ellos lamentaron mi percance de salud y me desearon una completa recuperación... Tras las despedidas me sentí exhausto. Me acosté —la última vez que lo hacía en aquella extraña cama que había sido mi hogar durante esos meses— y le pedí a Cherubina que me despertara temprano. Pasada la hora de la cena, la habitación se llenó del denso silencio nocturno del hospital, con aquella tranquilidad sofocante y artificial, el silencio del sufrimiento amortiguado por una pesada sordina. Permanecí largo rato con los ojos cerrados, sin poder conciliar el sueño. Medio dormido vislumbraba imágenes, palabras y recuerdos sin forma ni sonido, jirones de visiones turbias de los meses anteriores. Sentía el recuerdo del dolor, de aquel fantasma sin cuerpo, y luego el regusto de la bruma benigna, de la embriaguez de las citas químicas que hastiaban pero cautivaban con la atracción de lo prohibido... Así, entre aquel sopor de sabores y sensaciones, me parecía estar escuchando música. Me despertó el sonido de la puerta abriéndose con sigilo y en la penumbra se recortó la figura de una hermana.

Era Carissima, que vaciló un momento. Al ver que no dormía, se acercó de puntillas. Me informó que la centralita de Atenas había comunicado que aquella noche no contestaban a la llamada. La centralita de Florencia suponía que había una avería en alguna parte y temían que sólo pudieran comunicarme con Atenas horas más tarde, de madrugada. ¿Quería yo que me despertaran tan tarde con el teléfono?

—¿Qué hora es? —pregunté.

Ella consultó su reloj de pulsera.

—Poco más de la una —dijo.

Al final, lograron establecer comunicación con el número secreto de Atenas sobre las tres o las cuatro de la madrugada. A esa hora tan tardía no podía molestar a E. La noche anterior ya habíamos fijado los detalles del viaje y de mi llegada.

—Diga, por favor —le indiqué a la hermana—, que cancelen la llamada. Ya es muy tarde.

—Muy bien —asintió—. Allí será casi el alba, una hora muy impropia. —Lo dijo con indiferencia, de espaldas, mientras ordenaba objetos sobre la mesa. No le presté atención.

—No quiero molestar a estas horas —comenté.

—Ya —dijo, y se volvió con una bandeja en la mano para dirigirse hacia la puerta—. Una llamada al alba molestaría a la dama.

Su voz sonó átona, incolora, pero me turbó. La miré. Estaba erguida en actitud servicial, a punto de marcharse. Entonces pude ver cuán enclenque era aquella mujer enferma; la delgadez de su cuerpo se percibía incluso tras el holgado e informe hábito.

—¿A la dama? —pregunté nervioso—. Querrá decir a la casa.

—A la dama, a altas horas de la madrugada —replicó con la misma voz fría y tranquila. Y siguió inmóvil.

Su voz neutra y educada había traslucido de pronto un tono hostil y agresivo. Me incorporé y encendí la luz para ver bien a aquella mujer archiconocida. Sin embargo, en aquel momento me resultó una extraña. Durante un largo momento que no podía medirse con reloj nos miramos fijamente. Sostuvo mi mirada sin pestañear.

Fue el instante del «como si la viera por primera vez». Cuando una persona o un objeto se revela de pronto, muestra una nueva y verdadera cara en una situación excepcional. Tenía el rostro enjuto, como una palma de mano pálida y arrugada. Y en ese rostro blanco como la tiza refulgían dos ojos fríos y negros. Más que ojos humanos, parecían ojos de animal. Enfundado en un hábito blanco y negro se movía un esqueleto, y en el marco de la cofia blanca y almidonada, desde el fondo de un rostro que parecía una máscara, brillaban dos rayos negros.

—¿La dama? —insistí—. ¿Qué dama?

—La dama de Atenas —contestó.

—¿Cómo sabe la hermana con quién hablo por teléfono?

—Con una dama —dijo tercamente—. Lo saben todos. Todo el hospital.

A aquella luz fría, permaneció como una estatua primitiva hecha por un escultor burdo que apenas ha tallado los contornos. Hablaba con tanta sencillez como lo hacía al referirse a medicamentos, terapias o alguna de sus tareas. Sólo que ahora su voz era cortante, fría, hostil. Y los ojos le brillaban como ascuas, mirándome fijamente.

—Bien —dije—, si lo sabe todo el hospital... ¿Desea algo más, hermana?

—No. ¿El maestro no necesita nada?

Otra vez esa voz helada y controlada que dejaba entrever una emoción indefinida: ironía, agresividad, no sé qué...

—Nada, gracias —le dije.

Nos miramos otro instante. Entonces se giró despacio hacia la puerta. Al acercarse al umbral agachó la cabeza; caminaba inclinada, arrastrando los pies. Movido por la compasión y la curiosidad, me atreví a preguntar:

—¿Usted está enferma, hermana?

Se detuvo en seco. Luego se dio la vuelta lentamente, dejó la bandeja en la mesa y se acercó a mi cama. Cruzó los brazos con las manos cubiertas por las amplias mangas del hábito. Estaba junto a la cabecera de mi cama, entre la mesilla de noche y la pared; se apoyó contra ésta.

—Tengo leucemia.

—Ya —dije con el tono de un compañero de desdichas—. Pero seguramente le dan un tratamiento excelente.

—Sí —afirmó—. Me dan un tratamiento. Moriré dentro de seis meses.

—¡Qué va! ¿Por qué lo dice? El profesor y los demás médicos... Seguro que se curará.

—Seis meses como mucho.

Habló desapasionadamente, sin rastro de rabia o queja, como si me informara sobre el estado de otro enfermo cualquiera. Con esa voz no se podía discutir. Y en ella no había huella de lamento o autocompasión... Aquella ecuanimidad me impresionó e impidió que le contestara con palabras de circunstancia. Aquel tono natural y franco imponía; hablaba como el que ya no tiene tiempo, como el que ha superado la fase del debate y no está dispuesto a discutir inútilmente sobre la realidad por mera cortesía, ya que la conoce mejor que nadie. Comprendí que ella lo sabía todo sobre su enfermedad y que, en efecto, moriría en un plazo máximo de seis meses. Y no se quejaba ni pedía compasión, sólo quería que no la cansara con vanas manifestaciones de misericordia. Reaccioné como un necio y un torpe, como cualquiera en idéntica situación:

—Nada es seguro.

—Esto sí lo es —repuso tajante, con aspereza, articulando bien las palabras.

Yo sólo oía su voz, ya que si bien ella estaba junto a mí, tenía que girar la cabeza para verla. Permanecía con los brazos cruzados, apoyada contra la pared, y no se movía al hablar.

—Hasta yo me he curado —dije.

—Sí, maestro, se ha curado.

—Así lo ha querido Dios —intenté dar un giro piadoso a la conversación. Quizá eso la agradaría y consolaría.

—¿Dios? —repitió con la misma voz tajante—. No lo sé.

Aquella afirmación sonó muy extraña en boca de una monja. Miré la luz de la lámpara. Ahora estaba completamente lúcido y sentía curiosidad y expectación, como si por momentos fuera a enterarme del significado de todo lo ocurrido a lo largo de los meses anteriores. ¿Qué decía aquella monja condenada a muerte? ¿No creía que Dios me hubiera ayudado? ¿Por qué estaba allí, solícita, junto a mi cama? Me volví para mirarla.

Observé detenidamente aquel rostro que nunca antes había examinado. Sólo sabía que de las cuatro hermanas ella era la extraña, la impersonal. Hasta con la gorda y rígida Dolorissa tenía más contacto que con esta criatura enferma, triste y frágil. De las cuatro, Carissima era la que menos llamaba la atención del paciente; trabajaba impecablemente, como todas, con discreción y eficiencia, pero nunca, con ningún gesto, había revelado nada de ese misterio que llamamos personalidad. Más que una persona, cada vez que entraba en la habitación parecía una especie de instrumento terapéutico... También ahora hablaba con palabras desprovistas de todo sentimentalismo, con tono seco y mecánico, como siempre lo había hecho en los meses anteriores.

—¿No cree en Dios? —le pregunté sin más, con una pizca de reproche.

—Creo en Dios —contestó con tono de colegiala que recita el catecismo.

—¿No cree que es la voluntad de Dios lo que cura?...

¿Por qué le pregunté eso? Había algo obsesivo en aquella conversación: las preguntas y respuestas surgían involuntariamente; dadas las circunstancias, nada se podía callar... Ya pasaba de la medianoche, pero no me sentía cansado; más bien excitado, intranquilo. Una excitación similar a la que había sentido en las horas previas al inicio de la enfermedad. Y la intranquilidad me hormigueaba en las manos y los pies, como un sarpullido nervioso...

—No sé lo que quiere Dios —contestó con calma—. Tampoco sé cuándo cura. No sé nada.

Hablaba como alguien salido de un sueño. Y yo la escuchaba también así, como ante una extraña aparición. Sólo veía su rostro, una mancha blanca. En el lugar de los labios se dibujaba una raya fina y rígida. Aquella hermana no tenía labios... ¿Era una mujer?

Una monja que se iba a morir. Si hubiera prorrumpido en llanto o lamentos tal vez me habría dejado indiferente. Pero aquella fría serenidad me conmovió.

—Querida hermana —dije, y la turbación me hizo balbucear—. ¿Podría ayudarla en algo?...

—No —contestó escuetamente—. Nadie puede ayudarme. Usted tampoco.

Me senté. Apoyé el codo en la almohada y me volví hacia ella. Nos miramos fijamente.

Recuerdo las palabras que se oyeron en los siguientes minutos como un fragmento musical cuyas notas no necesitan recordarse una por una: oyéndolo una sola vez, todo se nos queda grabado en la memoria, sin errores. Dijo lo siguiente:

—Usted se ha curado, así que se va.

No añadió «maestro». No utilizó un tono cortés ni servicial. Una persona hablaba con otra, directamente, con crudeza, apresurada. Y aquel tono no me permitió aplazar la respuesta, esconderme cómodamente tras algún lugar común. Tenía que responder a cada una de sus palabras, como cuando uno es súbitamente atacado y tiene que reaccionar al golpe con otro golpe, a la estocada con otra estocada.

—¿Qué debo hacer? —pregunté—. No puedo quedarme aquí. No tendría sentido.

—No. No tendría ningún sentido.

Su respuesta me produjo la repentina sensación de encontrarme en medio de un incendio. Lo inesperado, lo peligroso, lo incomprensible ejerce un efecto así sobre uno. Traté de buscar una última escapatoria.

—No podemos saber qué pretende la naturaleza cuando nos somete a una grave enfermedad —dije con cautela—. Pero al final nos curamos por voluntad de alguna fuerza. ¿No le parece?...

Contestó con aspereza, alzando la voz:

—Eso, en efecto, no podemos saberlo. Pero todo es tan caótico... No hay que creer que todo tiene sentido. Tal vez la enfermedad no tenga sentido. Y tampoco la curación o la muerte.

Traté de conservar la calma, como si estuviésemos hablando sobre algo interesante pero que no nos atañía personalmente. Desde luego era una conversación extraña, pero enseguida llegaría la madrugada, el paciente se iría y la enfermera gravemente enferma se quedaría... Debía adoptar un tono coloquial para tranquilizarla.

—El maestro es muy bueno al hablar conmigo... —dijo de pronto.

—Sí —respondí—, sí, querida... —Con la ansiedad del momento me había olvidado de su nombre, pensaba en E., en que al día siguiente la vería...

—Carissima —me recordó humildemente, en voz tan baja como si pidiera perdón.

Carissima... El nombre me llamó la atención, y la miré. Era un nombre hermoso, un superlativo latino lleno de musicalidad, pasión y exageración mediterránea, pero qué poco le iba. Pacientes, compañeras, médicos y extraños la habrían llamado cientos de miles de veces por ese nombre, pero quizá nunca con el tono requerido por la palabra: «La más querida...» ¿Puede un hombre decirle algo más bello a una mujer? «Debería llamar así a E. mañana, cuando llegue —pensé—, porque ella es "la más querida"...» Miré a la mujer que llevaba ese nombre tan bello y sólo vi un rostro pálido, inexpresivo, una especie de máscara mortuoria.

Le dije en tono de disculpa:

—No se lo puedo contar todo. Hay una mujer, sí... la mujer que me escribió esas cartas.

Asintió.

—En Atenas —dijo.

—En Atenas —confirmé.

—Y esa dama... —pronunció la palabra vacilando— ¿espera al maestro?

Hice un gesto afirmativo: sí, me espera.

—Maestro, será usted muy feliz —dijo Carissima, y se dispuso a irse.

Extendí la mano queriendo retenerla.

—¿Ya se va?

No me miró; se dirigió hacia la puerta:

—Es muy tarde. Me esperan. Buenas noches —musitó.

Tenía la mano en el picaporte. ¿Qué significaba todo aquello? ¿Qué había pasado? ¿Por qué habíamos hablado de todo eso? ¿Qué tenía que ver Carissima con mi vida, mi curación, mi salud o mi muerte? ¿Y qué provocaba la ansiedad que me embargaba? ¿Acaso no estaba tan sano como pensaba? ¿La enfermedad aún no había terminado? No sentía dolor, pero sí algo similar al estado que había precedido a la enfermedad. Volvía a no sentirme bien, tal como había dicho el profesor. Y no quería quedarme solo. Seguro que esa noche no podría dormir. Y como una nueva manifestación de la enfermedad, la ansiedad me inundaba el cuerpo y la mente: que Carissima no se fuera, que no me dejase solo con la noche, con el insomnio, con el mal sabor de boca de la enfermedad. Era mi última noche en el hospital. La terrible peripecia había tocado a su fin. Al día siguiente me esperaba el avión, el mar, el cielo, una mujer... ¿y luego? La muerte, no muy lejana. Por esta vez me había soltado la mano, pero no debía de andar muy lejos. ¿Qué haría con aquel resto de vida que me habían regalado? Retomar la obligación maligna e implacable de mi profesión, reiniciar la relación feliz y dolorosa con E., que quería dármelo todo... pero era una persona enferma que ya me había envenenado en una ocasión. Sentí la desesperación turbia y penosa de toda situación, de toda relación, de toda empresa humana, y de pronto surgió en mi cuerpo y en mi mente el deseo de olvidarlo todo. Volver a experimentar aquel aturdimiento malsano en el que todo se hundía, el dolor y el deseo: la embriaguez de las citas químicas. Tendí la mano.

—Espere —le dije—. Esta noche quiero dormir —añadí con tono de apremio.

Y Carissima preguntó con su voz apática de monja servicial:

—¿Dormir? ¿No tiene sueño, maestro? Enseguida le traigo un somnífero.

Me incorporé en la cama y levanté la voz:

—No quiero ningún somnífero. Quiero la inyección.

Me miró en silencio.

—¿Es que no me entiende? Quiero la inyección. Una inyección fuerte, aquella inyección... ¿Por qué me mira así? —le pregunté con rudeza—. Sabe a qué me refiero, ¿no?

Ella se acercó a la cama a paso rápido. Por primera vez percibí un rictus humano en su rostro: el asombro y la consternación diluyeron la rigidez de sus facciones.

—¿La inyección?... —preguntó estirando las palabras—. Pero ¿por qué, maestro? ¿Le duele algo?... ¿Quiere que llame al médico?

Le indiqué nerviosamente que no llamara a nadie; sentía el sabor de la morfina en la boca, su efecto en los miembros, mi cuerpo recordaba la languidez, el placer voluptuoso y vil de la aniquilación, como un alcohólico, sí, como todo aquel que está enganchado a algún veneno. No me había librado de aquel recuerdo y en ese instante, tras aquella conversación, ya preparado para irme, «recuperado», sólo quería volver a sentir la experiencia artificial del olvido absoluto, de la desaparición... Al fin y al cabo, me lo merecía. No era un morfinómano, llevaba semanas sin pedir aquel veneno. Había soportado dolores y tormentos, había renunciado libremente al opio; pero aquella noche quería dormir y olvidar, olvidar que tenía cuerpo, olvidar el pasado, la música y el mañana, lo que quedaba de esta vida mía fallida... Por una noche quería hundirme de nuevo en el abismo, en la inconsciencia, en la muerte. Eso es lo que quería, y de súbito entendí a los que son capaces de robar, estafar y mentir con tal de alcanzar el estado penoso y voluptuoso de la inconsciencia. Anhelaba desaparecer por unas horas, a cualquier precio. Y por la mañana me iría de allí. No volvería a ver aquellas piadosas sombras del infierno, aquellos actores secundarios del sufrimiento; luego llegaría el final, pero antes, por un instante, volaría hacia la luz y la felicidad, una vez más volvería a escuchar la música. Después sí todo acabaría, de una forma u otra...

—No llame a nadie —le dije con voz ronca—. No me duele nada. Sólo quiero dormir. ¿Es que no lo comprende? —Y le cogí la mano con ese gesto suplicante con que sólo los adictos al opio y el placer son capaces de humillarse. Sentí su mano fría y huesuda.

Ella me dejó hacer, y luego, muy lentamente, retiró los dedos.

—Pero, maestro, eso es imposible —protestó asustada—. Ya sabe que sin la autorización del profesor no hay inyecciones, y mucho menos ésa... Y usted ya se ha curado, ya no tiene dolores...

Protestaba como una mujer a quien a altas horas de la noche le hacen una proposición indecente. Y yo trataba de persuadirla con tanto fervor como el seductor que aborda a una amante reacia.

—El profesor no se enterará. Y yo me iré mañana. Pero esta noche, por última vez, quiero dormir, quiero la inyección. Sólo deseo dormir profundamente. ¿Acaso eso es pecado?...

Carissima replicó seria y en voz baja.

—No sabe lo que dice, maestro. Sería un pecado hacer lo que me pide.

Cruzó las manos sobre el pecho, a la defensiva, y enlazó los dedos en actitud de rezo, una postura de rechazo implorante. Cerré los ojos, cansado de la discusión, de la hora tardía, de todo lo que hubo en el pasado y lo que me esperaba en el futuro… Estaba agotado, tan agotado como cuando se llega al final de todo y ya no queremos discutir.

—¿Y qué? —repliqué con indiferencia—. ¿Y qué si es pecado? ¿Acaso no da lo mismo?…

Y apenas decirlo me di cuenta de que había alentado a una moribunda a hacer lo que le placiera, sin importar si era pecado o virtud. Esperé su protesta, su rechazo indignado… Pero Carissima no se alteró en absoluto.

—Es cierto —contestó. Y tras una pausa—: Da lo mismo. —Las manos entrelazadas para rezar seguían inmóviles sobre el pecho—. Maestro, mañana se irá. Viajará a Atenas en avión. Qué bonito ha de ser viajar en avión… —suspiró.

No me atreví a responder. Había tocado algo de manera egoísta y cruel… Tendría que haber callado. Y de pronto ella añadió con voz ronca:

—Dios es misericordioso.

Lo dijo maquinalmente, con voz de monja, como recitando una letanía… La miré. Continuaba inmóvil con las manos enlazadas, la mirada fija en el suelo.

—¿Qué dice? —le pregunté—. ¿Qué quiere?… —Me sentía tan fatigado que ya desvariaba.

Carissima no me miró.

—Dios es misericordioso —repitió en voz más alta y apretó las manos contra el pecho. Y de pronto, casi gritando, como pidiendo auxilio en un momento de desesperación, exclamó—: ¡Dios es misericordioso!

Sus palabras resonaron como un eco en la habitación, en la noche, en el silencio. Y al punto se marchó a paso rápido, casi corriendo, sin cerrar la puerta al salir.

Volvió al cabo de unos instantes, con el mismo paso rápido, una jeringuilla en la mano. Reconocí el color opalino de la droga. Me arremangó el brazo derecho y me pinchó con un movimiento ágil y firme. Me limpió la zona del pinchazo con un algodón. Durante todo el proceso no dijo nada ni me miró. Luego apagó la luz y la oí cerrar la puerta con el sigilo de alguien acostumbrado a andar por la noche.

Pensé que debía hacer algo. Tal vez tocar el timbre o encender la luz. Pero no tenía fuerzas. No me sentí mareado, sólo me precipité a un abismo, de espaldas, sin cuerpo, mas con todo el peso del cuerpo y la existencia. De igual modo cae una piedra al fondo del agua, ingrávida. Por un instante ardió el miedo en medio de la oscuridad. Luego ya nada.

Me despertaron unos golpecitos en la cara.

Alrededor de mi cama estaban el profesor, el médico asistente y dos enfermeras desconocidas; la luz del día inundaba la habitación.

Continuaron dándome golpecitos, sobre todo el médico asistente, a un ritmo constante. Al parecer, el examen final requería una lluvia de leves bofetadas.

Volví a dormirme aun recibiendo aquel correctivo. Desperté por la noche, descansado, sintiéndome recuperado y saludable. Toqué el timbre y al poco acudieron presurosos el médico asistente y una monja desconocida.

Con un gesto indiqué que se retirara la enfermera. Nos quedamos los dos solos. El chamán se sentó en el borde de la cama, parpadeando de cansancio. Se lo veía agotado y encogido: había logrado devolverme a la vida tras una larga jornada de bofetadas y duro trabajo físico. Su manera de salvarme no había sido delicada y cuidadosa como la de Carissima en su momento, sino dura, ruda y eficaz. Ahora parpadeaba somnoliento y satisfecho.

No me sentía cansado. El veneno no se había absorbido del todo, y el estimulante se extendía por mi cuerpo y mis nervios. Pregunté con calma:

—¿Qué ha pasado?

—Una negligencia —contestó con naturalidad, encogiendo los hombros—. A veces ocurre. Gracias a Dios, pocas veces.

—¿Recibí una dosis mortal? —pregunté.

Se sorbió la nariz.

—Tal vez. —Se frotó los párpados hinchados—. En cualquier caso, más de lo que su cuerpo podía tolerar, pero también menos. Fue una dosis justo en el límite —dijo con tono profesional.

—Pero ella no tendrá problemas, ¿verdad?

—¿Quién? —Rió con afectación—. ¿Carissima? Qué va. En absoluto. Carissima es una enfermera excelente. Una distracción así… puede sucederle a cualquiera. Lo importante es que lo hemos superado —añadió nervioso. Quería cambiar de tema, pero no lo permití.

—¿Qué opina el profesor sobre esta negligencia?

—¿El profesor? —Y miró el techo, cavilando, como si esperara la respuesta desde lo alto—. ¿Qué puede opinar? Los médicos suelen adoptar severas medidas punitivas en casos como éste. Pero las del profesor son discretas e incruentas...

—¿Dónde está ahora? —quise saber.

No preguntó a quién me refería y contestó solícito:

—Cherubina y Dolorissa la han acompañado esta mañana. Se ha ido a casa, a Pistoia, al convento.

—Bien —respiré aliviado.

Callamos. Sentía una profunda tranquilidad. Sentía que realmente había llegado al final de mi enfermedad. Aquella «negligencia» había sido el punto final de una larga frase... Ya no tenía nada que hacer, podía irme de allí.

—Mañana me voy —le dije.

—Naturalmente. Mañana o cuando desee. La administración ya se ha ocupado de que tenga plaza en algún vuelo.

—No —repuse—, no viajo en avión. Viajaré en tren.

Se mordió el labio inferior, inseguro.

—¿En tren? ¿A Atenas?...

—A casa —corregí—. A casa, a Budapest. No iré a Atenas.

—Entiendo —respondió escuetamente.

Nos quedamos mirándonos. Se encogió de hombros y empezó a pasearse por la habitación, como de costumbre. Transcurrió cierto tiempo. A veces sacudía la cabeza, como si discutiera con alguien.

—¿Me acompaña mañana a la estación? —le pregunté.

—¿A la estación? —Volvió a mirar el techo, parpadeando—. A la estación, naturalmente. Diré que le reserven un compartimiento en el coche-cama.

—No necesito un compartimiento. Me encuentro perfectamente bien. Estoy fuera de peligro, ¿no es así?

Respondió sin vacilar:

—Fuera de peligro, por supuesto. Es normal recuperarse de una negligencia así. Quienes la padecen se recuperan perfectamente. O no se recuperan nunca. Usted se ha recuperado, maestro.

—Lo sé. Por eso no necesito ningún compartimiento. Pero también tengo otra razón: por el camino bajaré en Pistoia.

Se desperezó y puso las manos a la espalda.

—Imposible —dijo con firmeza.

—¿Por qué? —repliqué—. Sería lo más natural del mundo... Quiero tranquilizarla, que vea que no me ha pasado nada... Ella sólo quería mi bien —añadí.

—Quería su bien, ya —farfulló—. Todo el mundo actúa con las mejores intenciones. Pero usted no conoce las costumbres de la orden. No puede entrar en el convento. En esa orden rigen reglas muy estrictas. Nadie puede hablar, todo se hace sin palabras. A veces una hermana deja el convento para siempre, pero también entonces la cuidan... cuidan a todas las que han sido miembros de la comunidad. En ocasiones alguna vuelve, y entonces cierran la puerta definitivamente tras ella. Y a una persona que vuelve de esa manera no se la puede molestar con visitas. Ni siquiera si el visitante... —Dejó la frase en el aire.

—¿Viene desde tan lejos como yo?

Asintió.

—Así es. Ni siquiera en ese caso.

Me habría gustado discutir su afirmación, pero se lanzó a hablar con vehemencia, como si no quisiera oír mi réplica; quería decirlo todo él para evitar que yo hiciera más preguntas sobre la negligencia de Carissima y desistiera de ir a Pistoia... Su elocuencia y buena voluntad me conmovieron.

—No, ni siquiera en ese caso —repitió con su repentina locuacidad—. Ni hablar. Es una orden extraordinariamente monástica, regida por una férrea disciplina tras sus altos muros. La superiora es una mujer excepcional que entiende de todo, particularmente del alma de los enfermos que no quieren estar sanos y de los sanos que prefieren enfermar porque no soportan la responsabilidad de la salud y la vida. Vivir exige mucha responsabilidad —añadió en tono ceremonioso, como un estudiante ante el tribunal examinador.

Nunca lo había visto así; le lancé una mirada de recelo y traté de averiguar si se estaba burlando. Pero hablaba en serio, con las manos cruzadas sobre la pechera de su bata blanca en un gesto de cura. Cada poco alzaba su vista miope al techo, como el sacerdote que predica.

—Oh, vivir es una gran responsabilidad. Imagíneselo, vivir entre la gente... Muchos no lo soportan. ¡Cuántos intereses! El tedio, la vanidad, la ambición, los sentidos; y detrás de todo, la muerte... ¿Quién puede soportarlo sano siempre, durante toda una vida? Pocos, muy pocos. —Y meneó la cabeza como lamentándose por la condición tan desesperada de la especie humana—. La superiora lo sabe. Pasó muchos años cuidando enfermos y ahora es ella quien dirige el convento, cuida de setenta monjas... Una tarea colosal —dijo con seriedad afectada—. Y si alguna vuelve enferma o cansada, o porque le ha ocurrido algo en la vida (las monjas también son seres humanos, mujeres, ¿no?), entonces la superiora la acoge y cuida de ella. Y en estos casos no debe importunarse con visitas su austero recogimiento. Suponga, maestro, que mañana por la tarde llega usted al convento y lo conducen ante la madre superiora, a quien le pide ver a una enfermera llamada Carissima, que lo cuidó durante su convalecencia... Imagine qué puede responderle la superiora. Sólo esto: «Señor mío, por favor, siga su camino con la gracia de Dios. No moleste a Carissima, señor.» No podrá decirle otra cosa, ¿entiende?... No cabe imaginar otra respuesta. Sin embargo, si le dejara ver a Carissima, ¿qué le diría usted a esa pobre monja?... Cuando alguien vuelve al convento como lo ha hecho Carissima (quiero decir, para siempre), ¿qué se le puede decir?

Me mira y en su rostro envejecido se refleja una curiosidad infantil, como si de veras le interesara saber qué le diría yo a Carissima en una circunstancia así.

Cierto, ¿qué podía decirle?... Ni yo mismo lo sabía. Sólo pregunté:

—¿Carissima sabe que... que finalmente no me hizo daño su negligencia?

—Carissima no sabe nada —se apresuró a responder—. No le interesa nada. Sólo dice de vez en cuando: «Dios es misericordioso.» Lo dice mecánicamente. Pero por lo demás está tranquila. ¿Entiende, maestro?...

—Entiendo.

Nos estrechamos la mano.

—Buenas noches —murmuró en tono cordial.

—Buenas noches —respondí, apretándole la mano.

—Que duerma bien —añadió, y se mordió el labio inferior—. Mañana despertará descansado y recuperado. Ni siquiera nosotros los chamanes conocemos el horario de las rutas celestiales... pero he pedido que averiguaran el horario del rápido de Budapest. A las diez de la mañana partimos hacia la estación. ¿Le parece bien?...

—Muy bien —contesté sin soltarle la mano—. Y le agradezco todo lo que ha hecho por mí.

—Bueno —dijo con seriedad—. Puede agradecérmelo. Bastante trabajo me ha dado.

Tratamos de sonreír, buscando algo más que decir, moviendo los labios vacilantes... Al final fue él quien soltó mi mano. Con embarazo, se puso a silbar.

—Es tarde —dijo de repente—. Tiene el pulso muy bien. Usted aguanta mucho, maestro. Y ha aprendido bastante en los últimos meses. Ha sido un paciente excelente. Ha aprendido que no basta con estar enfermo ni con tomar medicamentos, sino que también es necesario responder, responder a la enfermedad y a todo lo que nos ha causado la enfermedad y la recuperación. Es algo que debe aprenderse. Y luego, si la vida nos llama...

6

Aquí concluye el manuscrito. Los demás efectos de Z. —sus enseres, sus libros, todas sus notas— quedaron en Lucerna. La guerra silenció su legado.

No se sabe si entre sus cosas había alguna composición musical aún no estrenada. En los últimos años, el mundo sólo ha escuchado partituras muy distintas, unas partituras terribles; nadie tenía tiempo de preocuparse por el destino de una improbable partitura extraviada. Tal vez haya lectores que lean esta historia como la última composición de un músico, en la que la melodía importa más que la letra. Y está bien que así sea, pues, aunque la melodía nunca tiene un «significado», lo dice todo, todo lo que no puede decirse con palabras.